插图本
中国古典文学丛书

宋词

陈虎／主编
潘守皎／著

河北出版传媒集团
河北教育出版社

图书在版编目（CIP）数据

宋词 / 潘守皎著 ；陈虎主编 . -- 石家庄 ：河北教育出版社，2022.3
（插图本中国古典文学丛书）
ISBN 978-7-5545-6949-8

Ⅰ. ①宋… Ⅱ. ①潘… ②陈… Ⅲ. ①宋词－诗歌研究 Ⅳ. ①I207.23

中国版本图书馆 CIP 数据核字（2022）第 022385 号

书　　名　宋　词
　　　　　SONGCI
主　　编　陈　虎
作　　者　潘守皎

策　　划　刘贵廷　王书华
责任编辑　曹　智
装帧设计　郝　旭
出　　版　河北出版传媒集团
　　　　　河北教育出版社　http://www.hbep.com
　　　　　（石家庄市联盟路705号，050061）
印　　制　保定华升印刷有限公司
开　　本　880毫米×1230毫米　1/32
印　　张　7.625
字　　数　143千字
版　　次　2022年3月第1版
印　　次　2022年3月第1次印刷
书　　号　ISBN 978-7-5545-6949-8
定　　价　40.00元

总　序

汉字是世界上最古老、最悠久的一种语言文字，也是世界文明园地中表现力最丰富的一种交流工具。用这种最富表现力的工具作为载体的中国古代文学，也就必然具有与世界其他文学样式所不同的思想、艺术特征。由于中国社会是带着强烈的人文、理性色彩进入阶级社会的，所以在此土壤中生长出来的各种文化因素都无一例外地带有其鲜明的本质特征。中国的古代文学也不例外，她作为世界上最悠久的文学样式之一，带着鲜明的人文色彩和理性精神，经历了三千多年的持续发展历程，以其辉煌的成就，已成为中国传统文化中一支散发着奇异馨香的奇葩，成为全人类文化遗产中的艺术瑰宝。

产生于浓厚人文、理性色彩这一肥沃土壤中的中国古代文学，极为重视文学作品的思想性，强调文以载道的教化作用，所以在内容上偏重于政治和伦理道德主题。将文学视为政治的附庸和说教，一直被当作一种无可非议的价值倾向。所以，君臣的遇合、民生的苦乐、宦海的浮沉、战争的胜败、国家的兴亡、人生的聚散、纲常的序乱、伦理的向背等，一直是中国古代文学的主旋律，无论是诗歌、散文、小说还是戏曲，大都如此。这一方面使得中国古代文学蕴含着浓郁的政治热情、进取精神和社会使命感，另一方面又强烈地抑制了古代文人自我情欲的释放、自由个性的迸发以及自我意识的开掘，尤其是“存天理、灭人欲”的社会观念的束缚，使中国古代文学完全被笼罩在了理性主义的烟霭之中。从春秋战国时期如处子、名媛般的《诗经》《楚辞》，汉魏六朝的丰碑巨制，唐诗、宋词的不朽咏唱，悲怆倾诉的元曲，一直到明清时期的人生画卷，无不表现了先哲先贤们对社会、对国家、对民族的激越情怀，以及对宇宙世界的无限期待，从中透露着千古风流人物的奋斗历程，以生动而具象的形式体现了中国文化的基本精神和中华民族的文化心理特征，广泛而深刻地反映着中国传统文化其他部分的内容，使人们深切地领略到了中华民族文化的博大久远。这是我们中华民族的骄傲，更是我们民族赖以凝聚、发展、强盛的巨大能源所在。

作为中国传统文化中最重要、最具活力的组成部分，中国古代文学又生动而深刻地体现着中国文化的基本精神，对现代中国乃至世界文明的发展都产生了广泛而深远的影响。唐诗、宋词中的名篇警句至今脍炙人口，元杂剧、明清小说中的故事、人物至今家喻户晓，其中所蕴含的审美功能和认识功能历久弥新。因此，中国古代文学作为中国传统文化中最容易为现代人理解、接受的一种文化形态，是现代人与传统文化之间实现沟通的最直接的桥梁，也是世界其他文化背景下的人们了解中国文化的最佳窗口。

在科学技术迅猛发展的当代社会，人们的生活、观念正发生着巨大而深刻的变革，面对纷至沓来的现代科技和汹涌而至的各种思潮，人们仍能深切地感受到中国传统文化无所不在的巨大力量。人们渴望了解这种无形的力源，于是，绚丽多姿的中国古代文学就成了人们首要的注目之所。但由于各种原因所致，以往有关中国古代文学的诸多著作物，基本上都是写给那些从事专业研究者的，其中承载了过于厚重的道德和伦理内涵，因而理论性太强，显得生硬枯燥，将文学史上生动活泼、充满人间喜怒哀乐的鲜活笼罩在了黑厚的布幕之下。通过这些厚重的学术著作，人们根本无法了解鲜活、丰润的中国古代文学。而那些林林总总的古代诗、文选译本，又显得过于割裂和琐碎，读者很难从中领略中国古代文学活脱的发展脉络。因此可以说，目前社会上很难找到适合于普通读者需要的有关中国古代文学的趣味性读物，于是我们策划了这套《插图本中国古典文学丛书》。丛书共十本，是面向具有中等以上文化程度的读者介绍中国古代文学基本知识的图文并茂的大众普及性读物，主要内容包括按照历史发展线索，介绍中国古代文学体裁方面的基本知识，以及相关作家、作品对其产生的影响等，基本涵盖了传统学术话语里中国古代文学中最精彩、最具吸引力而又最为人们喜闻乐见的内容。

陈虎

2021年6月

目　录

壹　云是长短句 小词似佳人

——一种别样的诗体

（一）南朝宫体 北里倡风

——词的起源和体制特点 / 002

（二）梨花院落溶溶月 柳絮池塘淡淡风

——太平有象的宋初词坛 / 028

（三）偶作小红桃杏色 尚余孤瘦雪霜姿

——词风多元的北宋中期词坛 / 048

（四）月榭携手 露桥闻笛

——北宋后期词坛题材的单调和形式的规范 / 064

（五）目尽青天怀今古 肯儿曹恩怨相尔汝

——南渡初年词风的转变 / 070

（六）角声吹 笛声吹 吹了南枝吹北枝

——中兴词坛：豪放与骚雅共存 / 082

（七）男儿西北有神州 莫滴水西桥畔泪
——辛派绝响和白石遗韵 / 096

贰 入我相思门 知我相思苦
——哀怨宋词（上）

（一）一寸相思千万绪 人间没个安排处
——人间情爱的欢乐与痛苦 / 104

（二）梧桐半死清霜后 头白鸳鸯失伴飞
——哀感顽艳的悼亡词 / 120

叁 凉风起天末 君子意如何
——哀怨宋词（下）

（一）郴江幸自绕郴山 为谁流下潇湘去
——谪臣的伤感情绪 / 134

（二）新痕悬柳梢 依约破初暝
——流落之苦与亡国伤痛 / 149

肆 了却君王天下事 赢得生前身后名
——豪情宋词

（一）悠然心会 妙处难与君说
——人生的旷达与超越 / 161

（二）当年万里觅封侯 匹马戍凉州
——建功立业的激情与豪迈 / 166

伍 无可奈何花落去 似曾相识燕归来
——元、明词坛的寂寞和清词的复兴

（一）三杯渐觉纷华远 一斗都浇块磊平
——清新刚健的金词 / 177

（二）夜来卷尽西山雨 不着人间半点愁
——俗世元词 / 190

（三）青山依旧在 几度夕阳红
——衰飒明词 / 200

（四）身向榆关那畔行，夜深千帐灯
——词的最后辉煌 / 211

壹

云是长短句　小词似佳人

——一种别样的诗体

词是一种合乐歌唱的新诗体，它是随着燕乐的流行而产生的，因此，它最早被称作“曲子”或“曲子词”。在唐五代和宋初，人们都习惯使用这一称谓。把“曲子”叫做“词”，是从宋人开始的，因为宋人在很多别集中都称原来的“曲子”为“词”。由于词是一种句式长短不齐的特殊诗体，因此，人们也称之为“长短句”。还有人从尊诗卑词的观念出发，称词为“诗余”，更有人从词与音乐的密切关系出发，依照传统称之为“乐府”。除此之外，词还有“琴趣”“乐章”“歌曲”等名称。

词是一种别样的诗体，它有着不同于任何诗歌形式的独特体式，也有着独特的审美特征以及专意抒情的功能。它产生于盛唐，中唐以后开始流行，晚唐五代时进一步得到发展，到两宋之际达到鼎盛，然而，尽管它在清代一度中兴，两宋之后，它便已经走向衰落。

（一）南朝宫体 北里倡风——词的起源和体制特点

谈到词的起源，人们往往会发现两个源头，这就是早期文人词和早期民间词。早期文人词的出现可以追溯到比唐更早的南朝，而此时文人的作品与词最类似的就是梁武帝萧衍的《江南弄》。萧衍精通音乐，爱好文学，尤其喜爱民歌。他依照西曲制作的《江南弄》等新曲，其实就是跟词一样的长短句。《江南弄》七曲均以七言句与三言句组合而成，有固定的格式，颇类后来的小词，但应该说明的是，它并不是真正意义上的词。如第三曲《采莲曲》：

◎ 梁武帝萧衍像

游戏五湖采莲归，发花田叶芳袭衣，为君艳歌世所希。世所希，有如玉，江南弄，采莲曲。

梁武帝的《江南弄》虽然还不能算作词，但这并不是说南朝文学与词就没有什么关系。如果考察南朝文学的审美追求和创作内容，我们就会发现，词的产生与南朝宫体之风有着很深的渊源。梁武帝爱好文学，他的儿子萧统和萧纲也以文学出名。在梁武帝时代，诗歌创作出现了以太子萧纲为代表的宫体诗。宫体诗本来就以描摹女性容貌举止为主要内容，而且是单纯地描绘女性之美，并用切近的眼光和真实、细致的笔法来表现。南朝宫体诗这样的文学创作倾向，再加上对传统的闺怨题材的继承，实际上就是早期文人词的内容。这种内容再结合梁武帝所创制的长短句的形式，跟后来的词已经没有多少分别。因此，词的产生至少在内容方面跟南朝宫体文学的关系还是很密切的。

盛唐的皇帝李隆基在对音乐和文学的兴趣方面，跟梁武帝一脉相承，应该算是盛唐时期仍受宫体诗风影响的作家。他曾写过一首词叫作《好时光》：

宝髻偏宜宫样，莲脸嫩，体红香。眉黛不须张敞画，天教入鬓长。　莫倚倾国貌，嫁取个、有情郎。彼此当年少，莫负好时光。

◎ 太白醉酒图

《江南弄》和《好时光》反映了早期文人用长短不齐的歌词配曲的情形，虽然所配的曲子或属清商或属燕乐，各有不同。从内容方面可以看出，它们尤其是后者宫体诗的痕迹更为明显。

盛唐的开元年间是一个文化气象恢宏的时代，这个时期，文化的交流和传播在一个十分广阔的背景下进行，涵盖了社会生活的方方面面。而艺术领域的交流无疑也是十分活跃的。当大唐域内外东西南北的音乐都涌入长安这个大都会的时候，必然会带来对传统音乐的颠覆。于是，胡儿的琵琶和歌舞成了人们的新宠，燕乐也走进了人们的日常生活。喜爱音乐的玄宗皇帝还有那些才华横溢的盛唐诗人们怎么会不迎着潮流而上呢？唐玄宗以作词为能事，那些风流的才子又岂能落后？只是在最初的时候，和燕乐相配的还是那些人们耳熟能详的近体诗，尤其是七言绝句。著名诗人王昌龄、高适和王之涣曾有“旗亭画壁”的故事，便说明了这样的事实。这些与燕乐结合的文人近体诗其实也是早期的文人词，尽管在演唱的时候，可能如后人所说加上一些“和声”“虚声”或者“泛声”，但这些词是整齐的近体诗却没有什么疑问。而且，当时文人即便是创作所谓新词，也都句式整齐，看来歌者自有敷衍加工的方法。如李白为杨贵妃所新制的《清平调》三章：

云想衣裳花想容，春风拂槛露华浓。
若非群玉山头见，会向瑶台月下逢。

一枝红艳露凝香，云雨巫山枉断肠。
借问汉宫谁得似，可怜飞燕倚新妆。

名花倾国两相欢，长得君王带笑看。
解释春风无限恨，沉香亭北倚阑干。

也许添加“和声”“虚声”或者“泛声”还是不能很好地解决乐曲和歌词之间的不匹配，于是才出现了“依曲拍为句”的填词方式。虽然明确告诉我们“依曲拍为句”的是刘禹锡，但上面所举唐玄宗的《好时光》也应算得上一首比较成型的文人词了。应该指出的是，将文人著名近体诗敷衍成曲词的风气，即便是在“依曲拍为句”的填词方式出现之后，依然存在，如根据王维的《送元二使安西》改造而成的著名琴曲——《阳关曲》(后来人们称之为《阳关三叠》)，后世很多文人乐工在对它的改造方面就一直乐此不疲。《阳关三叠》在宋元时期有很多不同的版本。

词的另外一个源头是早期民间词。而早期民间词的集散地应该是唐朝伎乐的大本营——北里。唐朝的北里实际上是长安城平康里的别称。平康里位于长安城北门内，这里是唐朝歌伎最集中的地方。北里的歌伎们往往在华丽的宅院中，房屋前后种植着各种花卉，有的还点缀着怪石盆景水池，望之俨然如神仙福地。这些倡女虽然被称为风尘女子，但其中聪明慧黠、知书达理、善于言辞的不在少数。况且他们都要接受包括唱曲、行酒令之类内容的严格训练，因此色艺双全。唐朝政府对于士子和官员没有后世那样严格的道德规范，因此，那些攀花折柳者，往往从容潇洒地出入此地。有时前来参加进士考试的考生、刚刚考中的进士、三司幕府属员，只要还没有在朝廷里正式挂名、没有在朝廷部门当值的，都可以随便去平康里寻花问柳，没有任何限制。甚至那些新近跻身朝廷各部门的官员，有时也悄悄地到北里逍遥。而北里倡女的一切技艺都是时尚的，她们的装束、舞姿、歌唱，无一不追赶最新潮流。当燕乐成为人们最喜爱的乐曲时，自然也就成为倡女们习唱的热门。那穿云裂帛的歌唱，博洽机趣的谈吐，随俗雅化的服装，风情万种的仪态，都对新兴士人展现出不可抗拒的魅力。因此，北里便

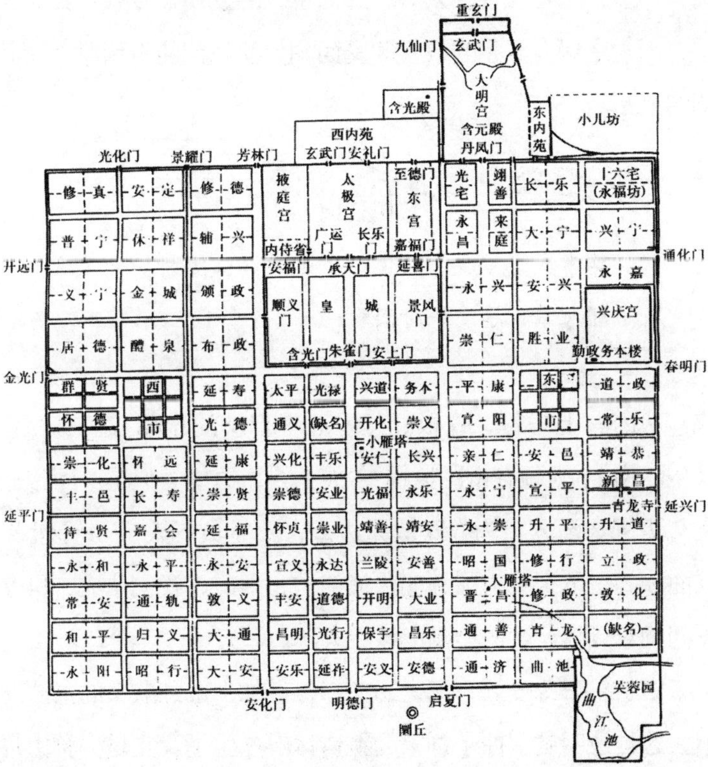

◎ 唐长安城平面图

无可替代地成为流行歌曲的重要传播场所。除此之外，闾巷之间也时有妙音，它们汇合了北里乐曲，构成盛唐民间音乐的洋洋大观。

早期民间词应该是由其原唱者或者民间乐工创作的，这些人便主要是那些北里倡女和市井细民。可以想见，早期的民间词应该是非常多的，但是由于它们或是即兴演唱，或是品位不高，很多并不曾流传下来。敦煌曲子词的发现，令我们如获至宝，因为它保存了相当数量的民间词，使我们能看到早期民间词的情形。

望江南

莫攀我，攀我太心偏。我是曲江临池柳，者（这）人折了那人攀，恩爱一时间。

从内容上来看，这很显然是北里倡女的作品。还有一首《望江南》，则颇有市民情趣：“天上月，遥望（似）一团银。夜久更阑风渐紧，为奴吹散月边云，照见负心人。”由于北里歌曲和闾里歌谣具有很强的传播能力，因此，我们认为，早期民间词对词体产生的影响应该更大。

由于皇帝的爱好，文人的参与，再加上市民歌女的推波助澜，这种被叫做“曲子词”的新诗体就产生了。它是一种由词牌、词体为基本构成，严格讲究声律，句式长短不一，演唱时又具有一定声情的特殊歌诗。

首先，词要有词牌，亦即词调、曲调。有的词调又因字数或句式的不同有不同的“体”。关于词调的数量，清人万树作《词律》二十卷，收词调660个，1180多体。康熙末年，王奕清等奉命作《钦定词谱》四十卷，收词调826个，2306体。后来经过人们补遗，词调已经超过一千个。

一定的词调反映着一定的声情，此举几例如下。

渔歌子：声情轻快，多是用来写渔人和渔家生活的曲子。

竹枝：声调怨咽，适于表达凄苦之情。

忆江南：感叹悲伤，故常用它抒写往事追忆。

蝶恋花：音节和婉，多用来写景和抒情。

鹧鸪天：风流蕴藉，最宜抒写艳情，亦可抒抑郁之情。

词调名称的由来，多数已不可考。只有《菩萨蛮》《忆秦娥》等少数有本事词。比如《菩萨蛮》，据说唐宣宗大中初年，女蛮国进贡，她们梳着高髻，戴着金冠，满身璎珞，如传说中菩萨的装束，当时教坊因此谱成《菩萨蛮》曲。唐宣宗爱听《菩萨蛮》曲，于是宰相令狐绹便密嘱温庭筠大量制作，使之成为当时风行一时的曲子。这也是温词中为什么多见《菩萨蛮》词调的原因。《忆秦娥》词调来自一个传说中的故事：春秋时萧史善吹箫，能吹出凤凰的叫声。秦穆公把女儿弄玉嫁给他，修起了一座高高的楼台叫做凤楼，让萧史教弄玉吹箫。结果有一天，真的凤凰听到萧史的箫声便飞来了，然后，弄玉乘凤、萧史乘龙，夫妇一同飞升仙界而去。（刘向《列仙传》卷上）后人托名李白写下了一首有名的词作——《忆秦娥》，词调就是因为以上这个故事而来。还有《雨霖铃》这个词调，据说是唐玄宗在从西蜀回銮的时候，经过栈道，听见雨打銮铃的声音而写的一首怀念杨贵妃的曲子。虽然少数词调能够知其本事和来历，但大多数词调的来历已经很难知晓了。

◎ 乐舞俑

不过，据吴熊和先生考察，词调的来源主要有以下几个方面：

其一，来自民间。唐代及以后很多曲子都来自民间，但直接取用民间曲名的并不多，这大概是因为这些曲名太过俗陋等原因，《竹枝》《孤雁儿》等就是民间曲调，柳永词中的很多新调，也可能是民间新曲。

其二，来自边地和外域。唐朝时西域和外域音乐大量传入，当时被称作胡部乐或者蛮曲等。这些乐曲有的被教坊改为汉名，有的仍为胡名或蛮曲名。如《苏幕遮》《赞浦子》《八声甘州》《定西番》《婆罗门令》《婆罗门引》《八拍蛮》等。

其三，创自官府音乐机构。唐朝的教坊和北宋的大晟乐府也经常按照宫廷的需要创作新曲，有时甚至皇帝御制新曲交由这些机构来教习。如《荔枝香》《瑶台第一层》以及周邦彦的《六丑》《玲珑四犯》等就属于这一类。

其四，创自乐工歌伎。乐工歌伎都以音乐为专业，本来就是音乐的创造者和传播者，所以，由他们创制新曲一点都不奇怪。据史料载，名曲《念奴娇》为天宝时歌伎念奴的唱腔，北宋流行的越调《解愁》为花日新所创，《喝驮子》为五代时单州一位姓葛的营妓所制。

其五，摘自大曲、法曲。大曲、法曲是唐宋的大型歌舞曲。一部大曲、法曲有时多至数十遍。很多词调就是从大曲、法曲中摘取的一遍。比如《梁州令》摘自大曲《凉州》，《伊州令》摘自大曲《伊州》，《水调歌头》摘自大曲《新水调》，《法曲献仙音》摘自法曲《霓裳羽衣舞》。

其六，词人自度曲。度曲就是制曲、作曲。很多宋代词人都精通音律，如柳永、姜夔等。姜夔是其中很有代表性的一个，他在他的名作《扬州慢》的序中就曾这样说：“予怀怅然，感慨今昔，因自度此曲。”在他的另外一首词《长亭怨慢》的序中又说：“予颇喜自度曲，初率意为长短句，然后协以律，故前后阕多不同。”《疏影》《暗香》就是姜夔自度的名曲。

其次，词要有固定的体式。词的体式亦即词的结构，每一首词的结构都是固定的。即这首词分不分片，分几片，每片有多少句，每句有多少字，都是依照词调确定的。

不分片的为单调，如《渔歌子》《忆江南》；分二片的为双调，如《蝶恋花》《江城子》；分三片的称三叠，如《瑞龙吟》《兰陵王》；分四片的为四叠，四叠只有《莺啼序》《胜州令》两调。按音乐分又有令、引、近、慢之别，但令、引、近、慢并不对应上述所谓单调、双调、三叠和四叠。“令”一般比较短，早期的文人词多填小令，如《十六字令》《如梦令》《浪淘沙令》等。“引”和“近”一般比较长，如《江梅引》《阳关引》《祝英台近》《诉衷情近》。而“慢”又较“引”和“近”更长。文人大量制作慢词开始于柳永，而慢词盛行于北宋中叶以后，词牌如《木兰花慢》《雨霖铃慢》等。清代毛先舒《填词名解》依其字数的多少，又将词分为“小令”“中调”“长调”三类。依照他的分类，58字以内为小令，59~90字为中调，90字以外为长调。最长的词牌《莺啼序》，240字。这种分法虽然比较机械，但却给人们一种更为直观的感觉，所以一般人还是愿意接受的。

除此之外，每一个词调还规定了每首词的句数、每一句的字数等。比如，《忆江南》整首词共5句27字，每句分别有3，5，7，7，5个字；《江城子》整首词共两片16句，上下片句数、字数相同，分别有7，3，3，4，5，7，3，3个字。有些词牌作“摊破”“减字”，如《摊破浣溪沙》《减字木兰花》则是在原词调的基础上增删字数，它们已变成另外一种词调和词体。

◎ 元杂剧《唐明皇秋夜梧桐雨》，击鼓者唐明皇，舞者杨贵妃

再次，词要有固定的格律。词的句子虽然长短不一，但全部使用律句。一般说来，词律要比诗律复杂、严格得多，而且，填词还要遵循声韵方面的更多要求。李清照《词论》中曾说：“盖诗文分平侧，而歌词分五音，又分五声，又分六律，又分清浊轻重。”它所要求的并不只是字词的平仄，还有从歌唱出发的许多审音用字的具体规定。但是，随着词演唱功能的逐渐丧失，后来人们关心的主要是词的格律。词律虽然复杂，

从词使用的句子来看，却不是没有规律可循。基本情形如下：

一字句。一个字的句子很少见，当然这个字可以平也可以仄；

二字句。二字句一般是平仄，而且往往用叠句，个别用平平、仄仄，且往往用叠字；

三字句。三字律句就是七言律句或五言律句的三字尾，即平平仄，平仄仄，仄平平，仄仄平；

四字句是用七言律句的上四字，即平平仄仄，仄仄平平，基本句式就是平起仄收、仄起平收这两种；

五字句。五字句常见的就是普通的五言律句，有平起仄收、仄起平收、平起平收、仄起仄收等几种句式；

六字句。六字句是四字句的扩展，就是在四字句上加一个音节，把四字句的平起变为仄起，仄起变为平起，即仄仄平平仄仄，平平仄仄平平；

七字句。七字句就是普通的七言律句，句式如五言律句；

八字句。八字句实际上是三字句与五字句、一字读与七字句组成的复合句。有上三下五、上一下七两种句式；

九字句。九字句实际上是三字句与六字句、六字句与三字句、四字句与五字句、二字读与七字句、一字读与八字句组成的复合句；

十字句。十字句比较少见，它实际上是三字句与七字句的复合句；

十一字句。十一字句是词中最长的句子，常见的词调中，只有《水调歌头》一调中有此长句。它是上四下七，或上六下五的复合句。

下面引《菩萨蛮》和《长相思》两首词的词谱，据此可以管窥词的格律：

菩萨蛮

平林漠漠烟如织，

⊙○⊙●○○▲（仄韵）

寒山一带伤心碧。

○○●●○○▲（叶仄韵）

暝色入高楼，

●●●○△（换平韵）

有人楼上愁。

●○○●△（叶平韵）

玉阶空伫立，

⊙○○●▲（三换仄）

宿鸟归飞急。

⊙●○○▲（叶三仄）

何处是归程，

⊙●●○△（四换平）

长亭连短亭。

⊙○○●△（叶四平）

长相思

汴水流，

●⊙△（平韵）

泗水流，

●⊙△（用叠韵不可改，叶平韵）

流到瓜州古渡头，

⊙●○○⊙●△（叶平韵）

吴山点点愁。

⊙○⊙●△（叶平韵）

思悠悠，

●○△（叶平韵）

恨悠悠，

●○△（用叠韵不可改，叶平韵）

恨到归时方始休，

⊙●○○○●△（叶平韵）

月明人倚楼。

●○○●△（叶平韵）

（○平声●仄声⊙可平可仄△平韵▲仄韵　以上见《白香词谱》）

上面我们谈到了词的产生过程以及词体制上的一些特点，但词作为一种别样的诗体不仅在于它有特殊的体式和格律要求，还在于它独特的抒情功能和审美特征。

首先，人们约定俗成地把它当作男女之情的最佳载体。有人曾打过一个有趣的比方，认为诗好比封建宗法社会里的男子，他要承担起在社会中应该扮演的政治、哲学、经济和人伦等方面的严肃角色，需要在社会的种种方面坐而论道；而词则好比闺阁之中"要眇宜修"的少女，无须承担以上社会责任，她可以千娇百媚，尽展其动人风姿："蹴罢秋千，起来慵整纤纤手。露浓花瘦，薄汗轻衣透。　见客入来，袜刬金钗溜，和羞走。倚门回首，却把青梅嗅。"（李清照《点绛唇》）这是一个天真烂漫而又情窦初开的少女形象；"凤髻金泥带，龙纹玉掌梳，去来窗下笑相扶，爱道画眉深浅，入时无？　弄笔偎人久，描花试手初，等闲妨了绣功夫，笑问双鸳鸯字，怎生书？"（欧阳修《南歌子》）这又是一个娇憨可爱的新娘形象；"红藕香残玉簟秋。轻解罗裳，独上兰舟。云中谁寄锦书来？雁字回时，月满西楼。　花自飘零水自流，一种相思，两处闲愁。此情无计可消除，才下眉头，却上心头。"（李清照《一剪梅》）这是一个多情的思妇形象。清人田同之说："诗贵庄而词不嫌佻，诗贵厚而词不嫌薄，诗贵含蓄而词不嫌流露，之三者不可不知。"又引魏塘曹学士之言说："词之为体如美人，而诗壮士也。"（《西圃词说》）著名词人苏轼曾经在《次韵曹辅寄壑源试焙新茶》中写过这样两句诗："戏作小诗君莫笑，从来佳茗似佳人。"其实，与佳人真正相似的还有词——这样一种特别的诗体。

其次，词本身具有适合抒情的特质。这种特质主要体现为词意求尽。和诗歌创作追求言有尽而意无穷不同，词追求抒情的痛快淋漓。比如同是写绿杨长亭的送别：

步出城东门，遥望江南路。
前日风雪中，故人从此去。
我欲渡河水，河水深无梁。
愿为双黄鹄，高飞还故乡。

——无名氏《古诗》

绿杨芳草长亭路，年少抛人容易去。楼头残梦五更钟，花底离情三月雨。　　无情不似多情苦，一寸还成千万缕。天涯地角有穷时，只有相思无尽处。

——晏殊《玉楼春》

《古诗》中只点出了"风雪中""江南路"，使人亲切感受到主人公的情态，她站在一片莽苍的大地上，神往于不久前与故人离别的情景，并希望自己渡过河梁，化作黄鹄追随而去。诗中留下了很大的想象空间，让人们去补充更多的生活内容。

而下面的这首词就不同了，它完全说明了这位女子与情郎分别的担心，也毫不掩饰离别相思的痛苦，甚至也不掩饰自己对情郎的怨艾，它追求的是言尽意尽的抒情效果。和诗歌创作追求意象的阔达、境界的高远不同，词在意象的选择上极显其小。“疏星”“淡月”“微雨”“断云”是其经常使用的物象，唯其如此，才显示出词在抒情方面的细腻入微。而在诗歌创作中，这样做就会被讥讽为“境界狭小”了。词的当行语言应该是比较口语化的，从词与民间文学的渊源上就决定了这一点。早期的词很注意口语的运用，后来的很多词人也大都注意化用民间俚语。因为这种语言的使用，才让人觉得亲切有味。比如，“对好景良辰，皱着眉儿，成甚滋味！”（柳永《慢卷䌷》）“守着窗儿，独自怎生得黑？”（李清照《声声慢》）在评价柳永词的时候，刘熙载就认为柳词语言“细密而妥溜，明白而家常”（刘熙载《艺概·词概》），这说明了口语化语言的极大表现力。

由于词具备了新的体制特点和独特的审美功用，于是招徕了文人的喜爱，他们便开始纷纷尝试填词。文人真正有意识地创作曲子词，其实在中唐。最早出现的文人词有张志和的《渔歌子》。渔歌子，又名渔父歌，本为唐朝教坊曲，分单双调两种，单调27字，五句，四平韵；双调50字，仄声。张志和《渔歌子》共有五首，下面一首最为著名：

西塞山前白鹭飞，桃花流水鳜鱼肥。青箬笠，绿蓑衣，斜风细雨不须归。

张志和的五首《渔歌子》影响很大，以至于后来传播到了邻国。《日本填词史话》中记载：大约在张志和写成《渔歌子》49年后（公元823年），词传到日本。当时的嵯峨天皇读后倍加赞赏，亲自在贺茂神社开宴赋诗，并赓和五首。其时皇亲国戚、学者名流，皆随嵯峨天皇和唱张志和的《渔歌子》。

◎ 白居易像

然而，中唐时期真正有意识地学习民间词，并开文人填词风气的是白居易和刘禹锡。由于白居易少年时曾避乱流寓越中，寄居苏州、杭州，后来又曾做过杭州、苏州刺史，因此他非常喜爱江南的山水，对江南有一种难以割舍的情缘。白居易在67岁的时候，定居在东都洛阳，十分深情地写下了三首《忆江南》：

江南好，风景旧曾谙。日出江花红胜火，春来江水绿如蓝。能不忆江南？

江南忆，最忆是杭州。山寺月中寻桂子，郡亭枕上看潮头。何日更重游？

江南忆，其次忆吴宫。吴酒一杯春竹叶，吴娃双舞醉芙蓉。早晚复相逢？

江南真的是山水胜窟，春天里碧绿的江水，还有江心中火红的朝霞，都是那样让人陶醉。更难忘的还有：山寺月下幽幽的桂香，钱塘江口的八月潮头；吴中甜甜的竹叶春酒，馆娃宫中西子的遗韵。白居易一口气列出了这么多令他魂牵梦绕的江南风物，亦足见他对江南的留恋和思念了。而江南也正是文人寻梦的地方，“春水碧于天，画船听雨眠。垆边人似月，皓腕凝霜雪”（韦庄《菩萨蛮》）。恬静祥和的江南，是远离战乱的地方，也是文人心灵的属地。白居易的这三首词已经是道地的文人词。除此之外，他还有一首民间意味的词作：

长相思

汴水流，泗水流，流到瓜洲古渡头，吴山点点愁。

思悠悠，恨悠悠，恨到归时方始休，月明人倚楼。

看到这首词，我们会想到温庭筠的《望江南》：“梳洗罢，独倚望江楼。过尽千帆皆不是，斜晖脉脉水悠悠。肠断白蘋洲。”这两首词就好比姊妹篇，民歌的风味犹存。

刘禹锡学习民间词的时间似乎更早，他在贬谪川东的时候，曾经创作过一组有名的《竹枝词》，其中广为传颂的是：

山桃红花满上头，蜀江春水拍山流。花红易衰似郎意，水流无限似侬愁。

杨柳青青江水平，闻郎江上唱歌声。东边日出西边雨，道是无晴却有晴。

◎ 刘禹锡像

刘禹锡不仅会创作《竹枝词》，而且还会演唱。白居易《忆梦得》诗注曰：“梦得会唱《竹枝》，听着愁绝。”可见，刘禹锡对学习民间歌曲的专心和用心。在学习民间词曲的同时，刘禹锡后来也有用文人笔法写的小词。如《忆江南》：

春去也，多谢洛城人。弱柳从风疑举袂，丛兰裛露似沾巾。独坐亦含嚬。

作者曾自注："和乐天（即白居易）春词，依《忆江南》曲拍为句。"说明这首词是上面白居易所作《忆江南》的和词。词中写的是一位洛阳少女的惜春之情。她一边惋惜春天的归去，一边又觉得春天对她也有无限依恋之情。诗人通过拟人化手法，不写人惜春，却从春恋人着笔。杨柳依依，丛兰洒泪，写来婉转有致，耐人寻味。清代陈廷焯《别调集》卷一对这首词的评价是：婉丽。况周颐《蕙风词话》则评价为：流丽，并认为下开北宋子野、少游一派。词人另有二首《潇湘神》，其二为："斑竹枝，斑竹枝，泪痕点点寄相思。楚客欲听瑶瑟怨，潇湘深夜月明时。"词情凄婉哀怨，微寓身世之慨。可见，此时的文人词，虽然仍有些"与其诗不甚相远"（况周颐《蕙风词话》）的问题，但作词的技法已经能够熟练掌握。

和中唐的诗人偶尔染指不同，晚唐的诗人已经开始大量填词，这其中的代表就是温庭筠。温庭筠本名岐，字飞卿，是晚唐诗人，他和李商隐被人们并称为"温李"，其著名诗句"鸡声茅店月，人迹板桥霜"（《商山早行》）早为世人传颂。温庭筠是一个才思敏捷的诗人，据说可以"八叉手而八韵成"。然而，他品行不大检束，以至于浮沉下僚。温庭筠可以算得上第一个大力作词的人，他的词保存至今的还有六十多首。下面这首词很能代表温词的风格：

菩萨蛮

小山重叠金明灭，鬓云欲度香腮雪。懒起画蛾眉，弄妆梳洗迟。　　照花前后镜，花面交相映，新帖绣罗襦，双双金鹧鸪。

这首词写了一个美女，一个“每日家情思睡昏昏”的女子。尽管从词里的意象中透露出隐隐约约的相思之意、孤独之感，可还是让我们觉得，这是一个冷美人，没有后来的词作中扑面而来的世俗之气、鲜活之气，它仅仅是对美人的客观描摹。所以，有人说温庭筠的词就像一幅幅美人图。然而，温庭筠的词却被大量地收进中国文人的最早一部词集——《花间集》，他本人也被花间词人奉为鼻祖。被收入《花间集》的这些词人构成了中国词史上第一个词派——花间派。花

◎ 温庭筠像

间派共有十八位词人，除温庭筠之外，重要的词人还有韦庄。两人虽都侧重写艳情离愁，但温词浓艳华美，韦词疏淡清秀。温庭筠的词像是写别人的情事，韦庄的词像是写自己的情事。请看下面韦庄的两首《女冠子》：

四月十七，正是去年今日。别君时。忍泪佯低面，含羞半敛眉。　　不知魂已断，空有梦相随。除却天边月，没人知。

昨夜夜半，枕上分明梦见。语多时。依旧桃花面，频低柳叶眉。　　半羞还半喜，欲去又依依。觉来知是梦，不胜悲。

第一首是写心中的女子对自己的思念，第二首写自己对那位女子的朝思暮想。有日期，有场景，有分别时的魂销梦断，有离别后的刻骨相思，无论怎样都不像是编造的故事。还有一首《荷叶杯》："记得那年花下，深夜。初识谢娘时。水堂西面画帘垂，携手暗相期。　　惆怅晓莺残月，相别。从此隔音尘。如今俱是异乡人，相见更无因。"也都把具体的情事写得如在目前。据杨湜的《古今词话》记载，韦庄有一个非常宠爱的姬妾，不但姿容端丽，而且可通书翰。后来这个姬妾被王建召入禁中，负责教导宫女，最终也没有被放回来，韦庄这些词就是为这个女子所写。读过上面那些悲意难胜的词句，我们尤觉得它是真实的。

花间派词人与温、韦的词内容基本类似，主要写男女相思和离别，词风也大都香艳软媚。

稍后于花间派，在南唐还有一批词人，他们主要是李璟、冯延巳和李煜。也许是因为创作环境的不同，风雨飘摇的南唐究竟比不上桃源仙境般的西蜀，与花间词人执着于对女性的描摹不同，南唐词人基本摆脱了这种风气，而着力抒写词人内心的忧愁，比如冯延巳的《鹊踏枝》：

谁道闲情抛掷久？每到春来，惆怅还依旧。日日花前常病酒，不辞镜里朱颜瘦。　　河畔青芜堤上柳。为问新愁，何事年年有？独立小桥风满袖，平林新月人归后。

“闲情”是什么？是缠绵于心的儿女私情？是年华流逝的迷茫和伤感？还是自己政治上的小不如意？抑或是对国势衰颓的隐隐担忧？或者兼而有之？恐怕连词人自己也说不清楚。他只知道，这是一种无法排遣的忧伤，因为它就像河畔的青青芳草、堤上的丝丝垂柳，每年都会随季节来到。它挥之不能去，去了还复来。

李煜早期的词写尽了一个帝王生活的奢华。“红日已高三丈透，金炉次第添香兽。红锦地衣随步皱。　　佳人舞点金钗溜，酒恶时拈花蕊嗅。别殿遥闻箫鼓奏。”（《浣溪沙》）当我们领略了李煜放纵而无节制的歌舞宴饮生活后，对从天上掉落人间的李煜也许难以产生多少同情之心。不过，当李煜成了宋太宗的俘虏，被封为“违命侯”，过着朝夕以泪洗面的日子的时候，他确实开始变了。生活变了，李煜的词风也变了。当回忆起自己曾经拥有的“四十年来家国，三千里地山河”之时，他悔意难收，愁情无限。因此，他被俘后的词感慨深沉。

◎ 南唐后主李煜像

浪淘沙

帘外雨潺潺，春意阑珊。罗衾不耐五更寒。梦里不知身是客，一晌贪欢。　　独自莫凭栏，无限江山。别时容易见时难。流水落花春去也，天上人间！

“别时容易见时难”的不只是昔日“雕栏玉砌”的楼堂殿阁，更还有昨日的帝王豪情，当一个人体验到人生的这种天地落差时，他才会产生撕心裂肺的呼喊。因此，南唐君臣无意之间把昔日用于歌舞宴乐的小词变成了承载心灵悲伤的工具。王国维曾说：“词至李后主而眼界始大，感慨遂深，遂变伶工之词而为士大夫之词。”（《人间词话》）这就是说，由于李璟、冯延巳和李煜的这种努力，词进一步成为士大夫抒情的工具，词品也得以提高。这实际上也改变了词的命运。南唐词的这种价值和作用在苏轼之后得到更充分的体现。

总之，到了晚唐五代的时候，词已经得到充分发展，文人对它的驾驭也变得娴熟，它逐渐成为文人喜爱的一种文学体裁。随着宋代都市生活的进一步繁荣以及士大夫文人审美观念的嬗变，词发展到两宋，更迎来了它的辉煌时代。

（二）梨花院落溶溶月 柳絮池塘淡淡风——太平有象的宋初词坛

词在两宋时期，有继承也有创新，有坚守也有开拓，但无论在内容、形式和风格上的任何努力，都带来了宋词的强劲发展，使宋代词坛呈现出百花满园的局面。在宋朝社会，上自帝王将相，下至市井妇女，都有传世的作品。从宫柳拂墙的殿宇豪门，到寻常人家的街衢巷陌，都有妙语新声。不止如此，受到大宋文化的熏染，在宋的邻邦，也竟至于“凡有井水饮处，即歌柳词”（叶梦得《避暑录话》）。在这些盈耳的清音妙语之中，既有“无情不似多情苦，一寸还成千万缕”的相思悲歌，也有“人生自是有情痴，此恨不关风与月”的爱情悟叹；既有“把吴钩看了，栏杆拍遍”的报国豪情，也有“却把万字平戎策，换得东家种树书”的失意萧索；既有“杨柳岸，晓风残月”的婉约妩媚，也有“惊涛拍岸，卷起千堆雪”的雄奇豪放；既有“早知恁么，悔当初不把雕鞍锁”的市井风情，也有“唤起玉人，不管清寒与攀摘”的雅士风调。但总体上看，词变得高了，高到可以与诗比肩；词变得大了，大到可以容纳家国；词变得雅了，雅到可以脱离低俗；词变得俊了，俊得可以让人回味；词变得俏了，俏到可以让人爱怜。很难描述宋代词坛的多姿多彩，但有一点可以肯定，宋人为我们开创了一片新的审美天地，那里旖旎的风光，让每一个驻足者流连忘返。

◎ 王禹偁塑像

两宋词的创作，应该从太宗朝开始，王禹偁堪称两宋第一位词人，然后才有了晏欧、柳永等人以及他们对词的变化革新。基本的情形如下：

北宋前期，词坛的倾向是在继承中创新。一种倾向是上承花间、南唐词风，继续令词的创作。这些人的代表是王禹偁、潘阆、寇准、范仲淹、晏殊、欧阳修和宋祁。他们主要以南唐君臣为榜样，注重词的抒情功能，使令词越来越成熟，越来越雅化。另一种倾向是沿袭民间词的风调，进一步走向市井，追求词的通俗化，在词的内容和形式方面多有创新，这类词人的代表就是柳永。

第一类词人有两种。一是偶尔作词的词人，如王禹偁、潘阆、寇准和范仲淹等。他们的词作数量很少，但由于是初宋作家，他们的影响却很大。据唐圭璋先生《全宋词》统计：王禹偁的词只有一首，潘阆的词有十一首，寇准的词不算存目词仅存四首，范仲淹的词不算存目词也只五首。这些词人的作品突出地体现在写景抒情方面。王禹偁是北宋第一位词人，他存世的唯一词作就是一首写景词《点绛唇》：

雨恨云愁，江南依旧称佳丽。水村渔市，一缕孤烟细。　天际征鸿，遥认行如缀。平生事，此时凝睇，谁会凭阑意?

词的开头赋予景物以一种强烈的感情色彩，是以我观物的必然结果。词人登高望远，绵绵细雨拂面，江南的秀丽景色尽收眼中。水村渔市，孤烟袅袅，这是一幅多么富有诗情的画轴啊！然而这样的景色却并不让词人感到惬意和满足，反而令词人恨意难消，愁闷郁积。面对江南秀美的山水，词人为什么如此心绪不展？这一切都在下文中作出了说明：是因为自己像孤鸿一样漂泊在外，乡思如织；还因为自己平生的远大抱负没人知会，也无法实现。这是一首把写景和抒情紧密结合的词作，写出了江南的纤丽，又道出了江南的开阔；写出了眼前的景色，又道出了心中的惆怅和落寞。《词苑》评价这首词的时候说："清丽可爱，岂止以诗擅名。"

王禹偁的好友潘阆，也是一位以词写景的高手。他有十首《酒泉子》，写的都是杭州的湖山胜景，这里引如下两首：

长忆观潮，满郭人争江上望。来疑沧海尽成空，万面鼓声中。　　弄涛儿向涛头立，手把红旗旗不湿。别来几向梦中看，梦觉尚心寒。

长忆西湖。尽日凭阑楼上望：三三两两钓鱼舟，岛屿正清秋。　　笛声依约芦花里，白鸟成行忽惊起。别来闲整钓鱼竿，思入水云寒。

钱塘潮是钱塘湾独有的奇观，词人展现了观潮时的万人空巷、潮头奔涌如海倒立的骇人场景，还有弄潮儿驾驭浪涛的惊人技艺，这样的场面令词人此时想起来依然感到惊心动魄！在写钱塘潮的诗词中，如此出神入化的恐怕真不多见。另一首写的是西湖。西湖是杭州风景的代表，每到春来，踏青游湖的士女络绎不绝。然而，在词人的记忆中，印象最深的还是清秋时节湖上的一派萧索明净，还有三三两两的渔舟，芦苇荡里隐隐约约的笛声以及被笛声惊飞的一滩鸥鹭。潘阆是一个有着浪漫性情的游士，他曾把自己卖药挣来的钱都寄给了谪宦商山的朋友王禹偁，但和入世的王禹偁不同，潘阆词中展示的是一个隐士对自然山水的向往之情和一个高士萧散的情怀。

以上写的是江南胜景，更值得我们留意的是塞外风光，范仲淹就有几首意境雄阔的边塞词。让我们看一看他的《渔家傲》和《苏幕遮》。

塞下秋来风景异，衡阳雁去无留意。四面边声连角起，千嶂里，长烟落日孤城闭。　浊酒一杯家万里，燕然未勒归无计。羌管悠悠霜满地，人不寐，将军白发征夫泪。

碧云天，黄叶地。秋色连波，波上寒烟翠。山映斜阳天接水，芳草无情，更在斜阳外。　黯乡魂，追旅思。夜夜除非，好梦留人睡。明月楼高休独倚，酒入愁肠，化作相思泪。

1038年，党项族元昊称帝，连年侵宋，造成北宋西北边衅不断。由于积贫积弱，边防空虚，宋军一败于延州，再败于好水川，三败于定川寨。宋仁宗康定元年（1040），范仲淹自越州改任陕西经略副使兼知延州。延州当西夏出入关要冲，战后城寨焚掠殆尽，戍兵皆无壁垒，散处城中。作为边庭帅守，在长烟落日里登上孤城，秋风送来的是满眼凄凉的寒意。而眼前的情况是进不能进、退不能退的尴尬。长期的驻守，带来的自然是将士们绵绵无尽的思乡之情。词的基调是苍凉悲壮的，但词的境界却是开阔的。

◎ 范仲淹像

从以上几首写景的词来看，宋初的词有的已经部分摆脱花间、南唐词人狭小的视野，由闺阁楼台走进大千世界，开始把城市风光、塞外景色凝聚于笔端。这些词的出现，加上后来王安石的怀古词，已经为之后苏轼开拓词境、转变词风做好了铺垫。

第一类词人中的另外一种就是经常作词的晏殊、欧阳修等，他们留下的词都在一两百首以上。由于性情和人生遭际的不同，两人的词也呈现不同特点，他们的词在内容和审美特点上具有明显的差异，但主要是对花间和南唐词风的继承。

晏殊是一个把对生命的思考嵌入小词的作家。他是一个一生富贵的词人，十四岁以神童入试，赐进士出身，被命为秘书省正字，从此仕途平顺。庆历年间，拜集贤殿学士、同平章事兼枢密使，高居相位。叶梦得《避暑录话》中记载：晏殊“惟喜宾客，未尝一日不宴饮，每有嘉宾必留，留亦必以歌乐相佐”。他是一个太平宰相，不曾经历许多政治上的风雨波澜，悠游于歌宴樽前，更多写一些男女相思的风雅小词。不过，晏殊的人生却并不像他的仕途一样顺遂，他一生经历了太多生命的过早凋零，而这些人都是自己的至亲，这使得晏殊对生命有一种本能的珍惜，因此，他的词中更多的是人生苦短的叹惋。然而，晏殊毕竟又是一个达观的人，生命的凋零与自然界的花开花落，带给他的虽然是一种永恒的忧伤，但他又常常能有圆融的观照，赋予这些小词清丽而有哲思的特点。

浣溪沙

一曲新词酒一杯，去年天气旧亭台。夕阳西下几时回？　无可奈何花落去，似曾相识燕归来。小园香径独徘徊。

喝一杯美酒，赋一曲新词，这是晏殊惯常的生活。然而，当流年暗换，物华依旧，涌上词人心头的是一种淡淡的忧伤。他辨不出眼前的天气和去年此时的天气有何不一样，但看得出朝升夕落的太阳却日日不同，这是哲人的睿思。当词人用“无可奈何花落去，似曾相识燕归来”这样俊丽温婉的词句把这种哲思传达出来的时候，我们分明感到人生忧伤中的一种超然和洒脱。词人能沉浸在淡淡的感伤之中，又能走出这份感伤观照人生，这就是智者。

晏殊的这类词直接开启了后世词人对于宇宙以及生命的思考，我们可以从苏轼的词中找到印证。苏轼虽然也有晏殊的旷达，也明白“月有阴晴圆缺”和“人有悲欢离合”的无奈，但是，他比晏殊更容易走进世俗人生。面对着茫茫宇宙以及短暂的人生，在举杯浩歌的同时，他的词总是流露出一种让人难以排遣的忧伤，而人生的扰攘和世路的艰难，又造成词人对这个世界的厌倦，产生对另一个世界的向往。于是，就有了“我欲乘风归去”的奇想。此时，能给词人寂寞的心灵带来安慰的便只有人间亲情了。

晏殊另有一首题作《赠歌者》的小词，也唱尽了人生酸辛。因为给李妃撰写墓志的事件，晏殊平生很少有地被赶出了朝廷。他有些无辜，也有些无奈，因而得到了同僚们的很多同情。此时面对风尘沦落、江湖飘荡、艰辛备尝的歌女，他就像白居易江上遇到琵琶女一样，把天涯沦落的感慨以及对知音的感激尽情倾诉。这里将身世之感慨并入艳情，又为晏几道和秦观这类伤心词人开了先路。

山亭柳·赠歌者

家住西秦，赌博艺随身。花柳上，斗尖新。偶学念奴声调，有时高遏行云。蜀锦缠头无数，不负辛勤。　　数年来往咸京道，残杯冷炙谩消魂。衷肠事，托何人？若有知音见采，不辞遍唱《阳春》。一曲当筵落泪，重淹罗巾。

和晏殊不同，欧阳修是一个风流蕴藉的词客。他于仁宗天圣八年（1030）进士及第，次年任西京留守推官，后来因为公开支持范仲淹和“庆历新政”，曾两次遭遇贬谪。后入朝拜枢密副使、参知政事，并相继出任刑部和兵部尚书。又因为反对王安石新法被迫外任。熙宁四年（1071）六月，以太子少师的身份辞职，居颍州，卒谥文忠。欧阳修的词着意表现文人的潇洒倜傥并且毫无顾忌地歌颂人间情爱，以至于有一些“好心”的人认为他的那些热烈的言情词乃是别人“伪托”，在整理他的词集时不得不“削之”。在欧阳修的词中，表现文人风流的代表作当属《朝中措》和《采桑子》。

朝中措

平山阑槛倚晴空。山色有无中。手种堂前垂柳，别来几度春风。　　文章太守，挥毫万字，一饮千钟。行乐直须年少，尊前看取衰翁。

欧阳修于仁宗庆历八年（1048）移知扬州，此前，在滁州过了两年多诗酒颓放的生活。他在滁州留下了醉翁亭和《醉翁亭记》，也留下了宽简治郡的作风。当然这一切都来自他之前的另外一位“文章太守”——王禹偁。王禹偁在太宗至道元年即早于欧阳修50多年来到这里，因为他是以翰林学士谪宦滁州，故而曾作诗道：“时清郡小应多暇，感激君恩养病身。”

◎ 欧阳修像

（《诏知滁州军州事因题二首》）他以宽简应对郡政，公余之间，常与来滁求教的士子谈诗论文，遂成天下文章之宗。一年多后，调任扬州。随后而来的欧阳修，与他景慕的这位先贤行藏竟然如此同出一辙，这让他有了一种人格的认同和自豪。于是，他在扬州筑平山堂，悠游诗酒，流连光景，既展示了他的治郡政绩，又表现了他的文采风流。他的这种风格又传达给了另外一个曾经来知扬州的词人苏轼。冯煦在《宋六十家词选例言》中就曾精辟地指出："（欧阳修）疏隽开子瞻，深婉开少游。"欧阳修"疏隽"一类词给苏轼词风的形成带来的影响主要体现为两方面：一是遣玩游赏的文人风调；二是疏放旷达的哲人情怀。如果说对苏轼的影响前者来自《朝中措》这样的作品的话，后者则来自欧阳修晚年的写景词，其代表为十二首《采桑子》，这里选录五首：

残霞夕照西湖好，花坞蘋汀。十顷波平，野岸无人舟自横。　　西南月上浮云散，轩槛凉生。莲芰香清，水面风来酒面醒。

群芳过后西湖好，狼籍残红。飞絮濛濛。垂柳阑干尽日风。　　笙歌散尽游人去，始觉春空。垂下帘栊。双燕归来细雨中。

平生为爱西湖好，来拥朱轮。富贵浮云，俯仰流年二十春。　　归来恰似辽东鹤，城郭人民。触目皆新，谁识当年旧主人？

十年前是尊前客，月白风清。忧患凋零，老去光阴速可惊。　　鬓华虽改心无改，试把金觥。旧曲重听，犹似当年醉里声。

轻舟短棹西湖好，绿水逶迤。芳草长堤，隐隐笙歌处处随。　　无风水面琉璃滑，不觉船移。微动涟漪，惊起沙禽掠岸飞。

词中对于颍州西湖风景描写，清丽明秀，令人陶醉。对于功名富贵的超然，人生处优的慧黠，都体现出作者那种观照自然的圆融和达观，此外，词中还有面对光阴逝去的蕴藉从容，都表现出一个文人雅士才有的潇洒襟怀。苏轼很多词都带有这种风格。

欧阳修“深婉开少游”的那些词就是他的言情词。言情词在欧阳修的词中占有不少的数量，但却呈现两种不同风调。有的大胆、热烈、直露，有的含蓄、委婉、深沉。后来的秦观在这两方面和他都有很多一致。只是秦观词里的女性少了些欧词中的娇憨可爱，却多了些“黛蛾长敛”“恨眉醉眼”的忧愁，但两人的承继关系还是非常明确的，所以，欧词对秦词的影响还不仅仅是所谓“深婉开少游”。我们先来看欧阳修那些大胆、热烈的言情词：

好女儿令

眼细眉长。宫样梳妆。靸鞋儿走向花下立著。一身绣出，两同心字，浅浅金黄。　　早是肌肤轻渺，抱著了、暖仍香。姿姿媚媚端正好，怎教人别后，从头仔细，断得思量。

南乡子

好个人人，深点唇儿淡抹腮。花下相逢、忙走怕人猜。遗下弓弓小绣鞋。　　刬袜重来。半亸乌云金凤钗。行笑行行连抱得，相挨。一向娇痴不下怀。

这是两首十分大胆、热烈的言情词。词中的女性形象生动、鲜活，美丽、可人，如此细腻的描摹，一点不逊于花间词人。看到这样的小词，让人无论如何也想象不出这就是那个在庆历新政中怒斥高若讷不履行谏职、只会做老好人的欧阳修。那是一个金刚怒目式的道义担当者，这里却是一个怜香惜玉的风流文士。当然，欧阳修的言情词不只大胆、热烈，更有一些作品含蓄、深婉，它们最突出的特点是语近情深。让我们看一看他的《踏莎行》：

候馆梅残，溪桥柳细，草薰风暖摇征辔。离愁渐远渐无穷，迢迢不断如春水。　　寸寸柔肠，盈盈粉泪，楼高莫近危阑倚。平芜尽处是春山，行人更在春山外。

在一个落梅片片、溪水涓涓、柳丝吐翠的季节旅行，无疑是惬意的。因为此时大地回春，草薰风暖。然而，离别的愁绪却和漂泊的游子不离左右，它就像眼前迢迢不断的流水一样。这就是以乐景写哀情，王夫之说过："以乐景写哀，以哀景写乐，一倍增其哀乐。"（《姜斋诗话》）良辰美景，却无法和亲人共享天伦，这就是人生之悲哀。这种哀情会因为春和景明的反衬而愈益鲜明。词中这个比喻也来得自然、贴切，它增加了表情的含蓄、委婉，古诗中就曾有这样的诗句："思君如流水，未有穷已时。"下片中词人将这种愁思移位，以一幅想象的画面来尽情表达闺中佳人对自己的思念。一段难舍之情，一种体贴之意，尽付笔端。这首词的特点就是语言浅近，抒情深婉，冯煦所说"深婉开少游"指的正是这一类作品。具备这一特点的还有他的《蝶恋花》：

庭院深深深几许？杨柳堆烟，帘幕无重数。玉勒雕鞍游冶处，楼高不见章台路。　　雨横风狂三月暮。门掩黄昏，无计留春住。泪眼问花花不语，乱红飞过秋千去。

与上面这些主要继承晚唐五代词风，同时也酝酿着新变的词人不同，柳永属于另一类词人。

柳永（987—1053），原名三变，字景庄，后改名永，字耆卿。因排行第七，又称柳七。崇安（今属福建）人，出身官宦书香世家。与兄三复、三接并有文名，时称“柳氏三绝”。真宗天禧初赴京应试不第，后长期滞留京城，多游狭邪，流连坊曲，以工词声传一时，但柳永也为他的浪漫和艳曲盛名付出了沉重代价。大约在真宗时期，他不第后曾写过一首《鹤冲天》词，发泄落第不满。据说此后又一次考试，临轩放榜时，皇帝竟黜落其名，并说：“且去浅斟低唱，何要浮名？”柳永从此遂自称“奉旨填词柳三变”，纵游娼馆酒楼间，无复检约。仁宗景祐元年（1034），柳永大约50岁时始登进士第。历任睦州团练推官、定海晓峰盐场监官、太常博士等职，终官屯田员外郎，世称“柳屯田”。晚年流落不遇，病殁于润州（今江苏省镇江市）。20年后，始得王安礼出资，葬于北固山。

柳永词之所以有许多创新，首先在于他精通音律并有过人的才华，其次在于他贴近词的创作前沿，接触到更多乐曲新声和流行歌手。以上主客观条件的存在，再加上他曲意迎合市民趣味，使得他的词成为那个时代的代表。

柳永能够革新宋词，离不开他大半生的浮浪生活。他本来出生在一个官宦家庭，父亲柳宜最后官至工部侍郎。柳氏世代书香，从柳永的父辈到子侄辈考中进士的就有七八人之多。柳永很显然是这个家庭的浪子和叛逆，至少他的前半生是这样。在随他的父亲宦居京师以及此后长长的岁月里，他都在青楼瓦舍和江湖上流依飘荡。

家庭的熏陶和父辈的激励改变不了柳永浪漫的天性。来到京师的他很快就结识了一些“狂朋怪侣”，然后恣意欢游。“帝里风光好，当年少日，暮宴朝欢。况有狂朋怪侣，遇当歌对酒竞留连。”（《戚氏》）竞逐于烟花巷陌，柳永很快便才华尽显，他的词也不胫而走，唱遍京城。

昼夜乐

秀香家住桃花径。算神仙、才堪并。层波细翦明眸，腻玉圆搓素颈。爱把歌喉当筵逞。遏天边，乱云愁凝。言语似娇莺，一声声堪听。　　洞房饮散帘帏静。拥香衾、欢心称。金炉麝袅青烟，凤帐烛摇红影。无限狂心乘酒兴。这欢娱、渐入嘉景。犹自怨邻鸡，道秋宵不永。

和上面很多词人把小词写得感慨越来越深、风调越来越雅不同，柳永不改的是市民本色，他写的是丝竹歌舞间饮酒狎妓生活的惬意和满足。这里的环境让他不舍，这里的歌声让他回味，这里的歌伎更让他爱怜。然而，像这样市井风情旖旎的小词，毕竟和传统的道德观念相抵牾，所以，浪得词名的柳永却离功名越来越远，他只能偃蹇科场。人们都知道柳永“奉旨填词”的典故，在诗酒繁华、莺歌燕舞的宋代社会，如柳永之词，若君子为之，可视为文采风流，然作为一个普通士子，那就只能是大逆不道、有损风化了。即如晏殊也曾批评过柳永，称自己填词就不写“针线闲拈伴伊坐”这样的庸俗之句。

这样的境遇注定了柳永生活的漂泊，于是，敏感的词人又用自己的蛮笺象管吟唱羁旅中的忧愁以及目中所见都市的繁华，这是柳永对词的内容丰富和革新的主要部分。而在这部分词中，又透出宋词趋雅的总体方向。

八声甘州

对潇潇、暮雨洒江天，一番洗清秋。渐霜风凄紧，关河冷落，残照当楼。是处红衰翠减，苒苒物华休。唯有长江水，无语东流。　　不忍登高临远，望故乡渺邈，归思难收。叹年来踪迹，何事苦淹留？想佳人、妆楼颙望，误几回、天际识归舟。争知我，倚阑杆处，正恁凝愁！

这首词的内容主要写羁旅，开头营造的意境，被苏轼称为“不减唐人高处”。其实，不只词开头的意境，整首词的语言也不再如他的市井小词，而是多了些文人的飒爽之气。具有同样语言风格的还有他写都市繁华的词作：

望海潮

东南形胜，三吴都会，钱塘自古繁华。烟柳画桥，风帘翠幕，参差十万人家。云树绕堤沙。怒涛卷霜雪，天堑无涯。市列珠玑，户盈罗绮竞豪奢。　　重湖叠巘清嘉。有三秋桂子，十里荷花。羌管弄晴，菱歌泛夜，嬉嬉钓叟莲娃。千骑拥高牙。乘醉听箫鼓，吟赏烟霞。异日图将好景，归去凤池夸。

这首词是柳永描写都市繁华的杰作，也是其铺叙手法成功运用的代表作，语言上再也找不到俗俚的痕迹。这是对书面语言的精确提炼，也是对前人诗句的不露行迹的融化。可见，柳永驾驭语言的能力是惊人的。

综合以上的情况看，柳永在词史上的贡献主要表现在这样四个方面：大量填写慢词，创制和保存新声；大量使用俚语入词，创立俚俗词风；大量使用铺叙，创新词的写作手法；尝试描绘都市繁荣，创新词的题材。

慢词的名称从“慢曲子”而来，指依慢曲所填写的调长拍缓的词。“慢曲子”是相对于“急曲子”而言的，是按照乐曲的节奏来区别的。它原本是大曲的一部分，是经过摘编之后单行并经过演唱才发展起来的。慢曲是随着燕乐系统的形成就已经存在的一种基本形式，慢词在唐代也早已出现，只是从词产生之日起，词人们钟情的都是令词，很少尝试慢词这种形式，至北宋初年依然如此。柳永是这种局面的改变者，他大量创作慢词，而且他的《乐章集》中的慢词很多都是新声。也许这些新声并非柳永所独创，因为很多文献中都记载了当时教坊乐工每得新腔必求柳永为辞的情形。但是，创制和保存这些新声无疑是柳永的突出贡献之一。而且，正是有了柳永的大力推广，才有了苏轼、秦观等人的继作。后世词评家也注意到了这种情况，李清照在她的《词论》中说：“逮至本朝，礼乐文武大备，又涵养百余年，始有柳屯田永者，变旧声，作新声，出《乐章集》，大得声称于世。”

柳永大量使用俚俗词语，这一点几乎没有异议。尽管他还善于提炼书面语言，善于融化前人的诗句入词，使他词的语言具有很高的文学性。柳永对俚语的使用，虽然和词的雅化倾向背道而驰，但增强了其词的表现力，就像清人刘熙载所说：“耆卿词细密而妥溜，明白而家常，善于叙事，有过前人。”(《艺概·词曲概》)柳永的这种“俚俗”“尘下”和“鄙语”，赋予柳永词以崭新的特征以及市民风情。其实，也正是这种“俚俗”，才使得他的词在下层人民中间广泛流传，并且受到普遍的欢迎。两宋时期，尽管不少人对柳永俚俗词加以指责，但在创作实践中却或多或少都要接受其影响，李清照就是如此。她一方面批评柳永“词语尘下”，另一方面，又对柳永的这一经验充分借鉴，使她的词也出现“轻巧尖新”的风格特点。

柳永是擅长铺叙的能手，周济说柳词“铺叙委婉，言近意远”。其实这样说还不全面，柳永铺叙的另外一个特点就是以叙述和渲染的淋漓尽致为要。如《望海潮》在开句入题之后，层层铺展，紧扣主题。整首词从市内写到市外，由市外又回到市内，最后画龙点睛般地落笔在杭州的景中之景——西湖，并用一片的篇幅来渲染西湖昼夜的美景、牧守的风流倜傥，让人有痛快淋漓的感觉。柳永词对铺叙还有很多灵活的运用，比如《雨霖铃》，这首词是先描写景色，再渲染离情，最后就一个“情”字漫染开去，让人有情意难收之叹。再如《八声甘州》，在对一片萧索的秋景进行描绘之后，作者设置了“一种相思，两处闲愁”的场景，使感情的舒展有了更为广阔的空间，给人以语已尽而情未尽的感觉。以上几方面只是谈到了柳永铺叙的基本方法，实际上，柳永在铺叙上还有很多专长。周济《宋四家词选》说：“柳词总以平铺见长，或发端，或结尾，或换头，以一二语勾勒提掇，有千钧之力。”而且，柳永融入唱曲换气的特点，独创领字来勾勒与点染，使片与片之间、句与句之间的承接转换紧凑绵密，在演唱中也有鸣咽折顿之效。

宋代是一个都市经济繁荣的社会，孟元老的《东京梦华录》曾经这样描写汴京："雕车竞驻于天街，宝马争驰于御路。金翠耀目，罗绮飘香。新声巧笑于柳陌花衢，按管调弦于茶坊酒肆。"宋代杭州也是一个繁华的都市，仁宗时龙图阁大学士梅挚知杭州，临行时在送他的诗中写道："地有湖山美，东南第一州。"到了南宋，这里变成了行在，更是一片歌舞繁华，成为文人心目中的天堂。尽管在柳永之前也有词人写过

◎ 张择端《清明上河图》局部

都市风光，但柳永才是真正意义上第一个将都市风情纳入自己创作的词人。这是因为柳永一生创作了数量可观的以都市风情为题材的词，如《迎新春》《木兰花慢》《双声子》《望海潮》《临江仙》等，描写的宋代都市有东京、金陵、苏州、杭州和扬州等，尤其是他留下了如《望海潮》《木兰花慢》等脍炙人口的名篇。相对于虽享受着都市生活的繁华，但其文学作品却

绝少关注世俗生活的传统士大夫而言，柳永的这种开拓不只是具有创造性的，而且是具有进步意义的。他对那个时代市民生活，特别是对都市民俗活动的记载，既具有审美价值，又具有文化价值。

基于以上贡献，柳永堪称北宋第一位词的革新家。然而，柳永之后，在北宋中期，苏轼等人将词的变革推向更为深入的境界。这种变革体现为三个主要方面：继续雅化，以诗入词，开创新风。这三个方面的核心还是追求词的雅化。

（三）偶作小红桃杏色 尚余孤瘦雪霜姿——词风多元的北宋中期词坛

北宋中期词的雅化当然是宋初词人求雅的继续，这和宋代文化思潮是一致的。宋代是中国古典文化高度精致和雅化的时期。从社会审美风潮的嬗变来看，宋人的这种追求早在唐型文化中就已经生成。中晚唐以后，已经取得了巩固的政治地位的士大夫文人，还有仕途迷茫的羁旅行客，日渐沉浸于现实的享乐之中，他们早已没有了盛唐之世的奋发昂扬、积极进取，而是“走进了更为细腻的官能感受和情感色彩的捕捉和追求中”（李泽厚《美的历程》）。这种共同的审美风调在这些文人身上的具体体现便是：敏感而多情，惆怅而多思，脆弱而多叹。他们感春花之易落，思人生之迷茫，叹世路之坎坷。然而，他们却在绣幌与闺阁之中找到知音、得到安慰，甚至于沉溺其中，不能自拔，也不愿自拔：

黄金榜上，偶失龙头望。明代暂遗贤，如何向？未遂风云便，争不恣狂荡？何须论得丧。才子词人，自是白衣卿相。　　烟花巷陌，依约丹青屏障。幸有意中人，堪寻访。且恁偎红翠，风流事，平生畅。青春都一饷。忍把浮名，换了浅斟低唱！

——柳永《鹤冲天》

宋代的文人大多具有两副面孔：走进官场，他们操起儒家先师的教导，能够做一番经世济民的业绩；走进自家的小院落，则又或佛或道大讲修身养性。为文作诗，一副道貌岸然；歌宴樽前，则又满眼风花雪月。当然，并不是所有的文人都从茶楼酒肆、歌宴樽前换取半霎轻欢，人生的经历充满变故，当他们的感情生活遭遇挫折或者不幸，他们也总是借助填词来宣泄心中的悲痛与哀伤、相思与无奈："梧桐叶上三更雨，叶叶声声是别离"（周紫芝《鹧鸪天》）；"草色烟光残照里，无言谁会凭阑意"（柳永《蝶恋花》）。

但是，传统的文化观念以及伦理纲常仍然是他们不敢随便逾越的藩篱，除少数人之外，他们不可能肆无忌惮地表达这种比较私密的情感，或者说，他们需要让自己的这种感情有更优雅的表现，因此，追求雅化自然就成了风尚。宋初的一批词人已经明确地表现出这种倾向，甚至于连媚俗的柳永有时都不例外。

当然，北宋中期的词追求雅化，更直接和现实的情形是，柳永俚俗词风的影响实在太大了，因此，在柳永存世之时以及谢世之后，人们都还在廓清他的这种影响。北宋中期以后的众多词人，各以自己的方式对柳词的俚俗加以修正，他们继续着词的雅化之路。苏轼着意从词的语言和风格的改变上正面颉颃柳永。所以，他为自己的词没有柳七郎风味而得意，又为秦观不能摆脱柳永风调而不满。以至于别人批评他的词须关西大汉手执“铜琵琶”“铁棹板”演唱的时候，他竟然高兴得“为之绝倒”。

◎（明）张路《苏轼回翰林院图》

“以诗为词”是陈师道对苏轼词的评价，意谓用写诗的方法来填词，即以诗的题材、诗的风格和诗的意境入词。凡可入诗的，亦以入词；可于诗言之的，亦于词言之。当然，在北宋中期以后的词坛，还有另外一种意义上的“以诗入词”，那就是把前人诗句融化到词中去。第一种情形的代表是苏轼，第二种情形的代表则是贺铸。

苏轼的“以诗为词”实际上是努力跨越“诗言志”与“词言情”的界限，使文章道德与儿女私情并见乎词，在词中树堂堂之阵，立正正之旗。苏轼主张“以诗入词”本质上是想改变“词为艳科”的传统观念，从而试图把词作为抒写高格调情感的工具。这一点是符合晏殊、欧阳修以来宋词发展的基本趋向的，这也是士大夫之词取代伶工之词的必然结果。苏轼这样做带给词的直接变化有三：其一就是词的表现范围扩大了。举凡报国豪情、吊古伤今、桑麻农事、四时景色、咏物抒怀等无不可以咏于词。其二就是词的风格变得多种多样。就苏词而言，有的婉约缠绵，有的慷慨豪放，有的清旷飘逸，有的清雄韶秀，这是苏轼开创的词坛烂漫的景象。其三是词的境界和格调的提升。苏轼改变了以往词的狭小意境，把亭台掩映换成了大江奔流，把闺中思妇换成了年少周郎。这样的变化使词的品格得以提高。在苏轼笔下，传统的题材也体现了诗的意境和雅洁的语言。我们来看一下他的这首《贺新郎》：

乳燕飞华屋，悄无人、桐阴转午，晚凉新浴。手弄生绡白团扇，扇手一时似玉。渐困倚、孤眠清熟，帘外谁来推绣户？枉教人、梦断瑶台曲，又却是，风敲竹。　石榴半吐红巾蹙，待浮花、浪蕊都尽，伴君幽独。秾艳一枝细看取，芳心千重似束。又恐被、秋风惊绿，若待得君来向此，花前对酒不忍触，共粉泪，两簌簌。

这首词写的是闺情，但早已没有了花间的香艳柔靡。词中“待浮花、浪蕊都尽，伴君幽独”的美人，虽然有韶华易逝的悲伤，但带给人的是知音相伴、倾情相许的坚贞，不让人感到一丝轻佻。这是诗的格调和语言带来的变化，这种变化体现在苏轼各类词的创作中。

苏轼对豪放词风的开创是革新宋词的最大贡献。胡寅的《酒边词序》曾经盛赞苏词“一洗绮罗香泽之态，摆脱绸缪宛转之度，使人登高望远，举首高歌，而逸怀豪气，超乎尘埃之外”，这段话所指的就是苏轼所开创的豪放词。什么是豪放词呢？这首先要从什么是“豪放”说起。“豪放”本是用来品评人的个性和气度的词汇，它与“恭谨”相对（见《北史·张彝传》）。它的意思是指人的个性高傲，不受约束，狂放不羁。宋代苏辙、黄庭坚也都曾用“豪放”论及李白及其诗歌。后来“豪放”被用来品评诗歌，司空图《二十四诗品》在谈到诗的风格的时候，就有“豪放”一宗，大意是：胸怀浩然之气，可以吞吐大荒，能驱使万物于笔下，造成气势磅礴、豪迈壮阔的艺术境界。杨廷芝的《诗品浅释》把“豪放”解释为“豪迈放纵”。在论文体特点的时候，也有人使用这个词汇。徐师曾《文体明辨序》中解释说，“豪放者欲其气象恢宏”；张炎则把它作为论词的专门词汇；《词源》中把“豪气词”与“雅词”对举，是对“不通音律”、故为“豪放不羁之语”词人作品的统称。词评家将词分成婉约与豪放两大派，始于明人张綖，他在《诗余图谱》中说：“词体大约有二：一体婉约，一体豪放，婉约者欲其蕴藉，豪放者欲其气象恢宏。”从此，“豪放”作为一种风格，被人们所认同。尽管也有很多人指出这种二分法的弊端，但以“豪放”和“婉约”论词已经形成传统。

综合以上批评家对于“豪放”这一概念的理解，我们认为，所谓豪放词应该有如下特点：一是词中体现出的精神境界具有刚健开朗、雄奇豪迈的气概。豪放词人大多具有建功立业的愿望，常常于词中大谈人生和抱负，其积极进取的人生取向往往赋予作品一种慷慨之调，催人奋发。当然，有时也表现出壮志未酬的悲凉，唤起人们对“谁念英雄江左老”的同情。但无论怎样，这些词如大音镗鞳，振聋发聩。二是词中应具有视野开阔、气象恢宏的艺术境界。豪放词人往往放眼无限的时空，选择阔大的意象入词，从而营造一种江山雄峙、万马奔腾的壮美之景。有时也表现词人悟透人生的旷达情怀，在一片澄澈中寄予无穷妙理。三是指语言具有诗意性、句式具备散文化的特征。由于豪放词不再表现儿女情长，而主要表现人生际遇，因此，从取材上已经完全诗化，所以必然会借助诗意的语言来表达。又由于豪放词多用长调，具备了很多叙事、议论的特点，因此，散体的句子更适合表情达意。四是多用典故、爱发议论。豪放词常常品评历史、借古论今，因而经常使用典故。通过典故的使用，借以引发联想，创新意境，丰富词的内涵，并由典故生发议论。这其实也是词的诗化和雅化的必然。典故的使用往往能取得既融达意抒情为一体，又集含蓄典雅于一身的效果。五是创作率性、不拘守音律。豪放词人既然视豪放词为议论抒情的工具，因此，常常不于音律上用心，作品往往即席而成。以上所述，是广义的豪放词的概念，实际上，在论词的过程中，人们也形成了狭义的豪放词的观念。这种狭义的豪放词，从题材上看，就是指那些专门抒发报国豪情以及凭吊古战场、古代英雄的作品。从风格上讲，这些词或激情豪迈，或苍凉悲壮。而这类词人又以苏轼、辛弃疾为代表。让我们来看苏轼的一首典型的豪放词：

念奴娇·赤壁怀古

大江东去，浪淘尽，千古风流人物。故垒西边人道是，三国周郎赤壁。乱石穿空，惊涛拍岸，卷起千堆雪。江山如画，一时多少豪杰。　遥想公瑾当年，小乔初嫁了，雄姿英发，羽扇纶巾。谈笑间，樯橹灰飞烟灭。故国神游，

多情应笑我，早生华发。人生如梦，一尊还酹江月。

上述关于豪放词的五个特点，这首词全然具备。而且整首词气魄宏伟，语言刚健，格调深沉，感情充沛，极富阳刚之美。词中时空转换频繁，但收放自如，一个独立江边、多愁善感的抒情主人公形象跃然纸上。

◎ 苏轼像

苏轼不是一个专力于词的作家，他几乎进入中年才开始写词，但由于苏轼继续词的雅化，走以诗为词的道路，并努力开创新的词风，使得苏轼成为文人抒情词传统的最终奠定者。

苏轼之所以要继续使宋词雅化、以诗入词和开创新风，其实都跟词所处的尴尬境地有着密切的关系。词自产生之日起，只是人们歌宴樽前的一种消遣品，不列于文章之类，也不能登大雅之堂。为之者羞羞答答，遮遮掩掩，受人讥讽。唱之者、读之者也任性随意，全不当真，在词作繁荣的宋代依然如此。魏泰《东轩笔录》卷五记载了这样一件事：“王荆公初为参知政事，闲日因阅晏元献公小词而笑曰：‘为宰相而作小词，可乎？’平甫曰：‘彼亦偶然自喜为之耳，顾其事业岂只是耶？'时吕惠卿为馆职，亦在坐，遽曰：'为政必先放郑声，况自为之乎？'"此时晏殊谢世不久，还被人目为贤相，而且晏词还算雅洁脱俗，犹被人鄙薄讥讽，更何况其他的词人呢？由此可见人们对于作词者的态度。那么，填词者如此，读词者也并非堂而皇之。欧阳修《归田录》记载了另外一件事："钱思公虽生长富贵，而少所嗜好。在西洛时，尝语僚属言：'平生惟好读书，坐则读经史，卧则读小说，上厕欲读小词。'"在这里，词竟被降为"厕所文学"，亦足见人们对它的轻看。实际上，那些名噪一时的词家，如柳永等人，他们的美誉只在市井之间，在士大夫眼中，他们只能算作有才无行的文人。《邵氏闻见后录》卷十九中记载，晏几道把自己写的长短句呈给韩维，韩维在回书中毫不客气地教训说："得新词盈卷，盖才有余而德不足者，愿郎君捐有余之才，补不足之德。"小晏之词比之温、柳，已经雅了许多，还被目为有才无行，看来都是作词惹的祸。

苏轼的出现，改变了这种局面。当"柳风"正胜，词日益在世俗化中浸淫之时，苏轼敢于打破传统，继续倡导词的雅化，他用诗法作词，用豪放的词风一新天下人耳目。苏轼把诗的题材写进词里，让词不再受内容的限制，从而使词的题材得到极大的拓展；把诗的风格糅进词里，使词风不再香软，从而使词的品位得到提高；把诗的意境移植词中，使词的境界雄浑阔大，从而使词变得大声镗鞳。凡此种种，都打破了诗与词的疆域和界限，体现了苏轼对词的全面革新。如果说李煜等人的作用在于变伶工之词为士大夫之词的话，那么，苏轼的意义则在于他几乎把词提高到等同于诗、骚，并列于文门的新的抒情诗体了。

然而，还有一种情形我们应该看到，在苏轼的倡导下，诗与词的这种合流，从某种意义上说，也是对词体的一种破坏。当苏轼打破“词别是一家”的局限，追求“以诗为词”的时候，词的独特艺术特质也正在丧失。从内容上看，它不再只作为“私文学”专门演绎人世间男女的离别相思；从格调上讲，它也因此失去了含蓄婉约、轻柔曼妙的艺术特色。苏轼追求词的雅化，回避俚词俗句，发展到极致的结果，就是出现了像吴文英的部分作品那样晦涩难懂的现象，使得有些词只能作为文人雅士案头把玩欣赏的一种工艺品。苏轼放任自己的才情，冲破词律的束缚，使得很多词不再可歌，因此也就失去了和音乐的结合，同时也让这些词丧失了大众化的传播途径。所有这些，都不利于词的发展和传播，这些弊端在此后日益显现，并成为词走向式微的重要因素。

苏轼大力革新，独开词作新风，并有贺铸、李之仪、晁补之、毛滂等人羽翼之。但北宋中期的词坛在创作上仍然呈现多元的局面，除去明显地受到苏轼影响的作家以外，这里还有执着于传统内容和形式的晏几道，也有承袭柳永之风、深得市井百姓喜爱的秦观。

在继轨东坡的词人中，贺铸最值得人们细品。贺铸（1052~1125），字方回，号庆湖遗老、北宗狂客，卫州（今河南卫辉）人。以唐贺知章为远祖，因自称越人。初以外戚恩为右班殿直，官监军器库门、临城酒税、徐州宝丰监等。哲宗元祐七年（1092），以李清臣、苏轼等荐，监鄂州宝泉监。丁母忧服除，通判泗州、太平州，管勾亳州明道宫。徽宗大观三年（1109）以承议郎致仕，卜居苏南。又以荐复起，管勾杭州洞霄宫。宣和元年（1119）再致仕。七年，卒于常州。贺铸词最大的特点在于，他继续着苏轼以诗为词的传统，又注意保持词体独有的审美特征，以至于人们依然把他当作传统风貌的词人。贺铸实际的做法就是：从古诗中借来典雅，从屈骚中学来比兴，尊重词的音乐属性。贺铸的词大量融化唐诗，尤其是晚唐诗，因为晚唐诗的感情意绪与词最近。他曾经说过："吾笔端驱使李商隐、温庭筠，常奔命不暇。"（《建康集》卷八）除去在词中化用唐诗外，贺铸还在词中运用屈骚的象征手法，这也是用诗法作词的一种表现。如他的《踏莎行》：

杨柳回塘，鸳鸯别浦。绿萍涨断莲舟路。断无蜂蝶慕幽香，红衣脱尽芳心苦。　返照迎潮，行云带雨。依依似与骚人语。当年不肯嫁春风，无端却被秋风误。

这首词运用拟人的手法，把荷花转化为一位洁身自好、不慕荣华的美人形象。“断无蜂蝶慕幽香，红衣脱尽芳心苦”，词句既具有骚人风致，又清新脱俗，虽写荷花，却是在为自己高洁的品行而歌唱。这首词在咏物方面“似花还似非花”，在物的物理和神韵之间拿捏得十分准确，很明显受到苏轼《水龙吟·次韵章质夫杨花词》的影响。还有一点我们应该注意，贺铸继承着苏轼以诗为词的传统，也继承着苏轼的豪放词风。他的《六州歌头》回溯自己的生平，抒发心中的抑郁，是豪放风格的代表作品：

少年侠气，交结五都雄。肝胆洞，毛发耸。立谈中，死生同，一诺千金重。推翘勇，矜豪纵，轻盖拥，联飞鞚，斗城东。轰饮酒垆，春色浮寒瓮，吸海垂虹。闲呼鹰嗾犬，白羽摘雕弓，狡穴俄空，乐匆匆。　　似黄粱梦。辞丹凤，明月共，漾孤篷。官冗从，怀倥偬，落尘笼。簿书丛，鹖弁如云众，供粗用，忽奇功。笳鼓动，渔阳弄，思悲翁。不请长缨，系取天骄种，剑吼西风。恨登山临水，手寄七弦桐，目送归鸿。

晏几道（1038~1110），是北宋中期一位特殊的词人。之所以说他特殊，一是因为他是一个特立独行的人，二是因为他特色鲜明的小词。晏几道是晏殊的小儿子，然而，他虽然出身贵胄，却一生潦倒，仅仅做过太常寺太祝、监颍昌许田镇这样的小官。但他为人却“磊隗权奇，疏于顾忌。文章翰墨，自立规模。常于轩轾人，而不受世之轻重”（黄庭坚《小山词叙》）。好友黄庭坚认为他有四痴：“仕宦连蹇，而不能一傍贵人之门，是一痴也。论文自有体，不肯一作新进士语，此又一痴也。费资千百万，家人寒饥，而面有孺子之色，此又一痴也。人百负之而不恨，己信人，终不疑其欺己，此又一痴也。”可见，他是一个耿介而又忠厚的人。耿介则不能得权贵欢心，忠厚则容易受人欺骗。晏几道的耿介孤傲从一件小事中便可见端倪，据说大文豪苏轼欲求一见，竟遭到他的拒绝。因为他耿介孤傲，所以与他父亲的故吏门生也少交往，这也是他仕途不顺的主要原因。因为忠厚易欺，所以才家资散尽，以至于生活窘迫。其实，除去上面所谓四痴之外，小晏还有一痴，那就是痴于情、痴于词。其鲜明的特色体现在，当慢词大兴的时候，他却依然专注于令词的写作，令词在他的手里变得更加玲珑剔透、炉火纯青。而且，在词坛百花齐放的季节，他却用伤感的调子执着地唱着同一个主题：追怀往事。

鹧鸪天

彩袖殷勤捧玉钟，当年拼却醉颜红。舞低杨柳楼心月，歌尽桃花扇底风。　从别后，忆相逢。几回魂梦与君同。今宵剩把银釭照，犹恐相逢是梦中。

晏几道是把这些歌儿舞女当作知音看待的，“舞低杨柳楼心月，歌尽桃花扇底风”也是这些歌伎们对于知音人竭尽全力的报偿。小山词在追忆往事的时候，往往多记梦境。曾有人做过这样的统计：小晏共有260首词作，有52首59句写到梦境。“梦魂惯得无拘检，又踏杨花过谢桥”，他的梦真的如难以被拘管的杨花柳絮，飞过春草，飞过池塘，飞入绣帘，飞入词人凄楚的相思之中。

秦观虽然不能摆脱柳七风味，但他的词也别有风韵。这一方面因为他和小晏一样，“将身世之感，打并入艳情”（《宋四家词选》），同时，他还借来传统的“兴寄”之说来拒绝别人对他的指责。另一方面则因为他的词情韵兼胜，在抒情的真挚上超过了柳永，在知音识律上又胜过同时的众多名家。秦观词中的“兴寄”，实际上也是词诗化和雅化的体现，这是北宋中期词坛的总体趋势，所以，尽管秦观自觉不自觉地向柳永学习，但他也不得不顺势而行。我们看秦观下面的这首词，它可能写于作者谪宦离京之时。词中写的是离情，但韶华易逝，青春难再，功业未成的莫名惆怅还

◎ 秦观画像

是挥之不去：

江城子

西城杨柳弄春柔。动离忧，泪难收。犹记多情，曾为系归舟。碧野朱桥当日事，人不见，水空流。　韶华不为少年留。恨悠悠，几时休？飞絮落花时节、一登楼。便做春江都是泪，流不尽，许多愁。

其实，这正是秦观等人有意无意的一种打造。他们并不否定词的“香软”性质，却在内容上做悄悄的改变。所以，如秦观之词虽然仍囿于传统范围之内，但已不是纯粹应歌娱乐消遣之作，部分作品在凄艳的外壳背后，乃是伤心人别有怀抱。“郴江幸自绕郴山，为谁流下潇湘去”（《踏莎行》），“春去也，飞红万点愁如海”（《千秋岁》），这是谪宦者绝望和凄厉的哀鸣，也是冯煦在《宋六十一家词选·例言》中称他为“古之伤心人”的原由。秦观词抒情的深挚也是一再为人们称道的，这一点为柳永所不及。如果说柳永笔下只是对歌伎的戏谑或同情的话，那么，秦观笔下更多的是对歌伎的倾情和歌唱。所以，有人称秦观为“纯情词人”。当然，这些纯情的词，有的格调比较清新、明朗，有的则比较低回、深婉。看一下他的《鹊桥仙》和《虞美人》：

纤云弄巧，飞星传恨，银汉迢迢暗度。金风玉露一相逢，便胜却、人间无数。　　柔情似水，佳期如梦，忍顾鹊桥归路。两情若是久长时，又岂在、朝朝暮暮。

碧桃天上栽和露，不是凡花数。乱山深处水萦回，可惜一枝如画、为谁开？　　轻寒细雨情何限！不道春难管。为君沉醉又何妨，只怕酒醒时候、断人肠。

秦观对于词的音律非常重视。这是他区别于苏轼等人“虽极天下之工，要非本色”的所在，正因为其知音识律的“本色”和“当行”，才赢得了市井乐工和歌女的喜爱，这也是秦观词在当时得以流行的一个重要原因。叶梦得称其词“语工而入律，知乐者谓之作家歌”（《避暑录话》）。秦观词精于格律、便于演唱的特点为周邦彦所传承。

以上这些人的所作所为，都以不同的方式使宋词诗化，其目的都是让宋词进一步雅正，至少不能像柳词那样因为俚俗受很多人诟病。而他们继续求雅的结果，就是求雅得雅，词的高雅气质和风貌已渐渐形成。

（四）月榭携手 露桥闻笛——北宋后期词坛题材的单调和形式的规范

北宋后期，词坛上活跃的主要是大晟词人。在大晟词人中，周邦彦被称为北宋词的集大成者。周邦彦（1056~1121），字美成，晚号清真居士，钱塘人。他是一个诗、词、文、赋无所不擅的人，但在当时即为词名所掩，诗文多零落不传。周邦彦原来是太学诸生，元丰六年（1083），因为献七千字的《汴都赋》被神宗皇帝召见。据说，神宗命宰相李清臣在迩英殿朗读，因为赋中多古字、僻字，李清臣多不认得，只好读其偏旁。由于《汴都赋》中有对王安石新政进行颂扬的文字，神宗大为高兴，于是，擢周邦彦为太学正。楼钥在为周邦彦的文集作序时曾渲染说他“声名一日震耀海内”，又说“未几，神宗上宾

◎ 宋神宗像

（崩），哲宗始置之文馆，徽宗又迁郎曹，以一赋而得三朝之眷”。其实，周邦彦升为太学正之后，久不升迁，并非尽如楼钥所言。神宗朝，他由太学正调任庐州教授，后任溧水知县。哲宗时，还朝担任秘书省正字、校书郎、考功员外郎等，后出知河中府、顺昌府、隆德府，还朝为秘书监，进徽猷阁待制。徽宗朝，他被任命为大晟乐府提举，从而开始了专职审音定曲的工作。周邦彦的为人被《宋史》所轻，本传中说他“疏隽少检，不为州里所重，而博涉百家之书”，这应算是比较客观的评价。由于是御用的音乐人，所以，周邦彦的词题材比较狭窄，咏物和艳情几乎成了他词的全部内容，但他在词的写作艺术上却作出积极的努力和贡献。那么，周邦彦词突出的特点是什么呢？

第一，讲究炼字，注意出处，体现“当行”和“本色”。“当行”和“本色”既是音律方面的要求，也指对语言的提炼。苏轼以来，很多词人越来越自觉地融化前人诗语入词，以改变词的面貌和气质。似乎把前人的雅丽篇章或高雅情趣融入歌词，就使词自然脱落了来自民间的“俚俗气”，成为“典雅”之作。周邦彦同样喜欢化用前人诗语，在他的很多词中，唐诗的俊词丽句随处可见，以至于每一句、每一字都能找到其出处。我们看一下周邦彦的《瑞龙吟》：

章台路。还见褪粉梅梢，试花桃树。愔愔坊陌人家，定巢燕子，归来旧处。　　黯凝伫。因念个人痴小，乍窥门户。侵晨浅约宫黄，障风映袖，盈盈笑语。　　前度刘郎重到，访邻寻里，同时歌舞。唯有旧家秋娘，声价如故。吟笺赋笔，犹记燕台句。知谁伴、名园露饮，东城闲步？事与孤鸿去。探春尽是，伤离意绪。官柳低金缕。归骑晚，纤纤池塘飞雨。断肠院落，一帘风絮。

这首词共化用了萧纲、柳浑、杜甫、刘禹锡、李贺、杜牧、李商隐、晏殊、苏舜钦、张协等10人的12首诗，另外，还使用了《汉书》《梦溪笔谈》中的两个典故。这种做法，犹如江西诗人作诗，颇有“掉书袋”之嫌。这也足以证明，融化前人诗句入词的做法已经形成自觉的创作风气，并成为词人追求字面典雅的必由之路，同时也是显示自己“当行”“本色”的必须。沈义父归纳清真词的特点时说：“往往自唐宋诸贤诗句中来，而不用经史中生硬字面，此所以为冠绝也。”（《乐府指迷》）由于周词以词采见长，语句几乎都有来历，不注不明，因而后来注家纷纷。被周邦彦经常挦撦的诗人主要有李贺、李商隐、杜牧、温庭筠等。

第二，借助赋法，多用铺叙，追求章法结构的多变。铺叙一法，从柳永而来，后来成为慢词创作的重要手段。这种手段，对于为文造情、欲把词的创作推向极致的大晟词人来说尤其必不可少。但柳永的铺叙多平铺直叙，要想在这方面有所突破，必须再行创新。周邦彦的铺叙可以称作“曲叙”或者“复合叙”，他把顺叙、倒叙和插叙等多种方式结合起来，为表达一种情感作反复的渲染，将时空、对象进行交互重叠。我们这里把柳永的《雨霖铃》和周邦彦的《兰陵王》的结构作一比较。

《雨霖铃》的平铺直叙：

时间：黄昏——今宵——拂晓

空间：都门（实）——汴河上（虚）

对象：我——她

《兰陵王》的复杂叙述：

时间：黄昏（今天）——夜晚（从前）——黄昏（今天）

空间：隋堤上（实）——长亭路（虚）——离别席（虚、实）——汴河渡口（实）——月榭、露桥（虚）

对象：我——她——我

通过对比我们发现，周邦彦的铺叙是复杂的，他通过时空的转换，对象的移位，虚实的对比，达到了一种回环吞吐的效果。作者还辅之以多种技巧的变化，使整个结构变得肌肤丰满、缤纷多彩，如顿挫、递进、勾勒、点染、对比、虚实、设想、夸张、用典、拟人、化用、对偶、细节描绘等手法，保证不断翻出新意，不落陈套，把离别之情渲染得淋漓尽致。近人夏敬观在谈到柳永和周邦彦的不同时说：“耆卿多平铺直叙，清真特变其法，一篇之中，回环往复，一唱三叹”（《手评乐章集》)，正说明了这一点。

其三，借词寓意，咏物寄情，追求词的韵外之旨。周邦彦在词汇的使用上有一个特点，就是将作品中出现的一般性物象代之以感情色彩极浓的传统文学词汇。比如，用“新绿”代水，“凉吹”代风，“凉蟾”代月，“长安”代汴梁，“吴门”代钱塘。这种做法，一方面可以防止词意的浅白、直露，另一方面可以借助词汇本身的文化意义带给人们相关的联想。但更为重要的是能够利用这种独特的手段传达词人细微的思想感情。比如，他的《苏幕遮》中有“家住吴门，久作长安旅”的词句，其中用“吴门”代指他的家乡钱塘，用“长安”代指当时词人寄居的汴梁。这样替代的结果，一是减少了人物和地点的真实感，二是增加了空间的距离感，三是让人产生“滞留”“漂泊”的联想。周邦彦最擅长的是咏物词，在对客观事物的细致描摹之中，追求表达的含蓄化、深沉化，常常“将身世之感打并入艳情”，触动墨客骚人江湖流落、光阴虚掷、仕途不遇的愁苦之情，使歌词若有寄托，别具象外之意、韵外之旨。如《六丑·蔷薇谢后作》：

正单衣试酒，恨客里、光阴虚掷。愿春暂留，春归如过翼，一去无迹。为问花何在？夜来风雨，葬楚宫倾国。钗钿堕处遗香泽，乱点桃蹊，轻翻柳陌。多情为谁追惜？但蜂媒蝶使，时叩窗隔。　　东园岑寂，渐蒙笼暗碧。静绕珍丛底，成叹息。长条故惹行客，似牵衣待话，别情无极。残英小、强簪巾帻，终不似一朵，钗头颤袅，向人敧侧。漂流处、莫趁潮汐，恐断红、尚有相思字，何由见得？

本来是错过了花期来看花的一件小事，可是却让词人写得悱恻缠绵。一场风雨，狼藉残红，常常惹起文人的伤春情绪。可是，走进东园，却还有“牵衣待话”的枝条，留在枝头上的残英。那种怨艾的神情，似乎在说：你怎么这会儿才来呢？词人的惜花之意，蔷薇的恋客之情，都跃然于字里行间。

其四，注重音律，善创新调，自铸醇雅词人本色。从柳永以来的创作实践证明，只有知音识曲才能让作品真正流传。也正是在这样一个意义上，秦观的词被称作“作家歌”。周邦彦精通音律，在这方面自然不逊柳、秦。楼钥的《清真先生文集序》中称：“（周邦彦）性好音律，如古之妙解。‘顾曲’名堂，不能自已。”周邦彦把自己比作三国时的周瑜，把自己的堂名取为“顾曲堂”，足见其对自己知音识律的自负。和柳永等人作为民间音乐家不同，周邦彦是大晟乐府的提举，是官方音乐人，他对于音律的审定具有典范意义。《乐府指迷》在作词择调方面便强调“必以清真及诸家目前好腔为先”。周邦彦善于自创词调，《宋史 · 本传》中便说他“能自度曲”，《词源》更说他能够“增演慢曲、引、近，或移宫换羽为三犯、四犯之曲”。上引周邦彦自度曲《六丑》，竟然犯了六个宫调，即把六个宫调的声律合成一曲，可见周邦彦在度曲方面所下的功夫之深。

周邦彦属于北宋中后期的作家，他把北宋以来人们对于词的种种革新熔为一炉，把各家的种种创作秘籍集成一箧，这里既有柳永的赋法作词，也有苏轼以诗为词的传统；既大量化用唐诗入词，也把兴寄的手段频繁使用。再加上他知音识律，善于度曲，于是才有了集大成的成就。只是周邦彦的创造和贡献主要体现在词的艺术方面，对于词的题材则较少突破。

（五）目尽青天怀今古 肯儿曹恩怨相尔汝——南渡初年词风的转变

1127年的靖康之变，把耽于歌舞的赵宋王朝带进痛苦的深渊。靖康之变带给社会的变化是巨大的，带给文学的变化也是巨大的。士大夫们的品格在变，文学创作的风气也在变。南渡初年的词坛，就酝酿着这种新变。李清照是这一时期的重要词人，她亲身经历了亡国破家的伤痛，词风也有很大转变。

李清照（1084~约1151），号易安居士，济南章丘人。李清照多才多艺，能诗词，善书画，很早就受人注意。王灼《碧鸡漫志》说她“自少年便有诗名，才力华赡，逼近前辈”。李清照十八岁时嫁给太学生赵明诚，婚后过着美满而和谐的生活，

◎ 李清照像

夫妇在一起常常诗词唱和，生活是幸福安宁的。李清照前期的词大多数以少女生活和爱情相思为主，属于词的传统题材。但他以细腻的笔法和清新的语言写自己的亲身感受与内心体验，因此这些词就格外真挚委婉，打动人心。比如她的《一剪梅》：

红藕香残玉簟秋，轻解罗裳，独上兰舟。云中谁寄锦书来，雁字回时，月满西楼。　花自飘零水自流，一种相思，两处闲愁。此情无计可消除，才下眉头，却上心头。

在写相思的词句中，大概很少能找到像“才下眉头，却上心头”这样轻灵的句子，它来自女词人真切的情感体验，因而才生动、形象、贴切，这种看似浅易自然的语言，实际上经过了词人精心的锤炼。“靖康之变”打破了李清照闲适恬静的生活。南渡之后不久，赵明诚又死于宦途，李清照不得不辗转流离，一种孤寂和愁苦的心情常常笼罩着她。因此，她的词风开始有所变化，对故乡的怀思和国势的担忧经常流露于笔端：

永遇乐

落日熔金，暮云合璧，人在何处？染柳烟浓，吹梅笛怨，春意知几许！元宵佳节，融和天气，次第岂无风雨？来相召、香车宝马，谢他酒朋诗侣。　　中州盛日，闺门多暇，记得偏重三五，铺翠冠儿，捻金雪柳，簇带争济楚。如今憔悴，风鬟霜鬓，怕见夜间出去。不如向、帘儿底下，听人笑语。

“故乡何处是？忘了除非醉”（《菩萨蛮》），漂泊中的李清照难以忘记汴京的繁华，也难以走出亡国破家的阴影。有时词人心里所体验的是一种难以排遣的愁苦。如她的《武陵春》：

风住尘香花已尽，日晚倦梳头。物是人非事事休，欲语泪先流。　　闻说双溪春尚好，也拟泛轻舟，只恐双溪舴艋舟，载不动、许多愁。

这首词作于李清照寓居金华时。久经飘零，独在异乡，尽管春日双溪风光绮丽，但在她眼中，却只是一片暮春的悲哀。今非昔比，物是人非，触景生情，越发地感到愁苦。在李清照的这一类词中，虽然没有正面描写民族灾难的场景，也没有直接呼唤英雄主义的精神，但正是山河破碎、民族危亡造成了她的个人不幸遭遇，在她心灵深处铭刻下抹不去的伤痕。我们看到李清照的“愁”，是实实在在的愁，是由乡关之思、身世之苦、丧失亲人的悲哀和理想破灭的失望等等交织而成的。因此，当这些愁情汇聚词人笔下的时候，它往往表现得非常沉痛乃至凄厉：

声声慢

寻寻觅觅，冷冷清清，凄凄惨惨戚戚。乍暖还寒时候，最难将息。三杯两盏淡酒，怎敌他、晚来风急！雁过也，正伤心，却是旧时相识。　　满地黄花堆积，憔悴损，如今有谁堪摘？守着窗儿，独自怎生得黑？梧桐更兼细雨，到黄昏、点点滴滴。这次第，怎一个、愁字了得！

然而，生逢乱世，李清照的词中却没有直接反映时局的作品，这往往让不少人有些疑惑。其实，李清照是一位有识见的女性，她勇于表达自己的情感，也善于表达自己的情感。在国破家亡的关头，她的词并没有奏响时代的最强音，这其中受很多因素的影响。当然，最主要的还是受她论词观点的束缚。李清照在《词论》中强调“词别是一家”，特别强调词在艺术上的独特性，强调词与诗歌的区别，特别重视词的写作技巧和声律形式。当然，在词的内容方面，她也非常珍视传统，她

◎ 李清照词意

不只是从形式上否定“以诗为词”，对于词与诗在题材方面的不同，她也坚守篱墙。她不是不关心时事，只是她宁可把这样的内容写到诗里。她的诗往往写得很豪迈，如“欲将血泪寄山河，去洒东山一抔土”（《上枢密韩公、工部尚书胡公》），“南渡衣冠少王导，北来消息欠刘琨”（《断句》）等。尤其是她的《夏日绝句》“生当作人杰，死亦为鬼雄。至今思项羽，不肯过江东”，更是不输须眉。所有这些，都是南渡后关乎国家大事的慷慨悲愤之作，但由于“词别是一家”观念的束缚，这种题材和风格在她的词中极少出现。

李清照的词有这样几个突出的特点：第一，巧于构思，鲜活生动。李清照的词往往选取一些生活片段，极具体、细致地展现其内心世界。在她的笔下，有“蹴罢秋千，起来慵整纤纤手”（《点绛唇》）的清纯少女；有“东篱把酒黄昏后，有暗香盈袖”（《醉花阴》）的怀春少妇；有“起来慵自梳头”（《凤凰台上忆吹箫》）的闺中懒散，也有“守着窗儿，独自怎生得黑”（《声声慢》）的寡居凄凉。这些人物的生活，都被她表现得鲜活生动。第二，直抒胸臆，坦率真诚。李清照有着丰富的情感世界，她对这一切都毫不加以掩饰。虽然其词以抒情婉丽为特征，但这并不排斥她感情表达的坦率。李清照在抒情时，快乐便说快乐，相思便言相思，愁苦便说愁苦，从不矫揉造作。这样的词句如“兴尽晚回舟，误入藕花深处。争渡，争渡，惊起一滩鸥鹭”（《如梦令》），“此情无计可消除，才下眉头，又上心头”（《一剪梅》），“梧桐更兼细雨，到黄昏，点点滴滴”（《声声慢》），等等。李清照如此袒露心迹，无怪乎王灼要说她“自古缙绅之家能文之妇女，未见如此无顾藉者”（《碧鸡漫志》）了。第三，精炼语言，轻巧尖新。李清照很善于提炼语言，一些普通而常见的事物，经她一番修饰便神气活现，如“宠柳娇花”“绿肥红瘦”“恼人天气”等。一些常见的景象，经她道出，也具有不同别人的意味，如“渐一番风，一番雨，一番凉”（《行香子》），“新来瘦，非干病酒，不是悲秋”（《凤凰台上忆吹箫》），“这次第，怎一个、愁字了得”（《声声慢》）等。这些被她锻造出来的词语，浅近通俗而清新工巧，无不打上李氏的烙印，后来的人称之为“易安体”。

南渡的词人除去李清照之外，其他词人在这一时期的词风表现为三种倾向：第一种倾向是基本上承续北宋以来的婉约词风，把柳永、秦观、贺铸、周邦彦等人作为效法对象，题材和风格上都无明显开拓，代表作家有陈克、张镃、程垓、周紫芝等。陈克是南渡著名诗人，“靖康之变”之后，陈克痛山河之破裂，忧黎民之多灾，写下许多忧愤之作，如《舍弟书来索近诗》：“霜露终身思建业，云山何处是天台？百年怀抱今如此，纵有诗成似《七哀》。”然而，他的词却并未表现他对时局的关心。

赤阑桥尽香街直，笼街细柳娇无力。金碧上青空，花晴帘影红。　　黄衫飞白马，日日青楼下。醉眼不逢人，午香吹暗尘。

——陈克《菩萨蛮》

一点残红欲尽时，乍凉秋气满屏帏。梧桐叶上三更雨，叶叶声声是别离。　　调宝瑟，拨金猊，那时同唱鹧鸪词。如今风雨西楼夜，不听清歌也泪垂。

——周紫芝《鹧鸪天》

他们的作品纵然精丽，但不脱模拟痕迹，缺乏时代气息，在当时影响微弱。倒是程垓的这首《凤栖梧》颇有些家国愁情：

九月重湖寒意早，目断黄云，冉冉连衰草。惨别临江愁满抱，酒尊时事都相恼。　　闻道吴天消息好。鸳鸯西池，咫尺君应到。若见故人相问劳，为言未分书舟老。

第二种倾向以朱敦儒、陈与义、苏庠等人为代表，他们的词作突破了传统词风的束缚，以疏朗明快的语言反映变乱中的生活和感受，表现真切动人。然而，他们的感受大多停留在感喟哀时的基调上，缺乏许身报国、力挽危局的豪情壮志。这实际上和词人昔日的生活与个性有着很大关系。

朱敦儒（1081~1159），字希真，号岩壑，洛阳（今属河南）人。南渡以前，他就获有“词俊”之名，在词的创作上，他继承和发展了苏轼抒情自我化的词风，具有鲜明的自传性特点。但他并不是像苏轼那样具有强烈的社会责任感，而是一个有点玩世不恭的人。朱敦儒的青少年时代，是在西京洛阳畸形繁华的环境中度过，自称是“生长西都逢化日，行歌不记流年。花间相过酒家眠。乘风游二室，弄雪过三川”（《临江仙》）。他那疏狂放浪的行为和寻欢作乐的心理中，也包含着蔑视功名权贵、追求自由独立的人格精神。故当朝廷征召他进京为官时，他毅然拒绝，声称“麋鹿之性，自乐闲旷，爵禄非所愿也”（《宋史·文苑传》），并写下著名的《鹧鸪天·西都作》以表心迹：

我是清都山水郎。天教分付与疏狂。曾批给雨支风券，累上留云借月章。　　诗万首，酒千觞。几曾著眼看侯王。玉楼金阙慵归去，且插梅花醉洛阳。

靖康之难的战火把朱敦儒抛入了漂泊的难民潮中。建炎元年（1127）年底，洛阳被占领前后，朱敦儒仓皇逃往东南避难，于建炎四年（1130）辗转至岭南一带。其词清晰地记录了他南奔的行程和感受，词风由飘逸潇洒变得凄苦忧愤。其间表现得最为突出的是漂泊流离的伤悲，从一个侧面表现出战乱时代民族的悲剧和社会的苦难。比如他的《相见欢》：

金陵城上西楼，倚清秋。万里夕阳垂地，大江流。
中原乱，簪缨散，几时收？试倩悲风吹泪，过扬州。

这首词写于金陵被攻陷之前不久。金陵自古就是兵家必争之地，在扬州被攻占并焚毁之后，它也许就是下一个扬州。登上城楼，词人看到的是一幅夕阳西下的景色，虽然写景阔大，但一股凄凉和萧索的意味还是不禁涌上心头。他的另一首词《卜算子》更是唱出了战乱时代漂泊逃难者的心声：

旅雁向南飞，风雨群初失。饥渴辛勤两翅垂，独下寒汀立。　　鸥鹭苦难亲，矰缴忧相逼。云海茫茫无处归，谁听哀鸣急。

词中南飞孤雁的意象是时代苦难的象征：它举目无亲，孤独无依，终日奔逃，又饱受饥渴疲倦。生命时刻受到威胁的焦虑、恐惧，无处归宿的茫然悲哀，都如影随行地伴着它。因此，曾经是“玉楼金阙慵归去”的狂放词人，于今也不得不为中原的丧乱而悲哀。这表明词人闲旷自适的人生态度在此时已开始转变，然而，这还只是对国家命运以及个人命运的喟叹。当强虏去后，他又继续采取了达观放任、逃避人生的态度，唱出了“世事短如春梦，人情薄似秋云。不须计较苦劳心，万事原来有命”（《西江月》）这样消极颓唐的词句来。甚至于晚年受秦桧笼络，丧失了早年孤高轻狂的个性。

南渡之后词坛出现的第三种倾向，就是李纲、岳飞、胡铨、张元幹为代表的抗战之士的出现。他们都是热血之人，满怀激情，进而表现为慷慨悲壮的歌唱。他们的词豪情四溢、横绝六合，其中尤以岳飞的《满江红》、张元幹的《贺新郎》最为有名。

岳飞（1103~1142），字鹏举，相州汤阴人，南宋著名爱国将领。靖康元年（1126）投军抗金，因作战勇敢升秉义郎。建炎三年（1129），金将完颜宗弼渡江南进，岳飞时任江淮宣抚使司右军统制，率部转战广德、宜兴地区，袭扰金军，多次获胜，并收复建康，升任通泰镇抚使。绍兴三年（1133），

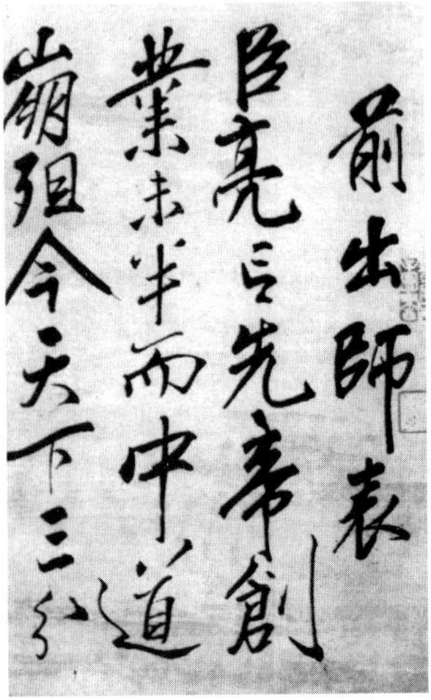

◎ 岳飞书诸葛亮《前出师表》

岳飞自江州挥师北上，大败刘豫军，收复六郡，因功授清远军节度使。六年，任湖北京西路宣抚副使，举兵奇袭刘豫军，收复今豫西、陕南大片失地。七年，岳飞乘金朝废除刘豫之机，提出举兵收复中原的主张，后多次上书反对与金议和，遭到高宗和宰相秦桧拒绝。十年，完颜宗弼毁约南进。岳飞按照其联结河朔进军中原的方略，遣将联络北方义军，袭扰金军后方，自率主力北上，在郾城、颍昌之战中大破金军精骑，击败金军主力。正当岳飞行将渡河时，高宗、秦桧却向金乞和，诏令各路宋军回师，致使岳飞恢复中原的计划功败垂成。次年，岳飞回临安，被解除兵权，改授枢密副使。十二月二十九日，被高宗、秦桧以“莫须有”的罪名杀害。岳飞戎马倥偬，词作不多，《满江红》是他流传千古的名篇。词中所表现的杀敌报国的强烈愿望，收拾山河的雄心壮志，千载之下，仍让人觉得凛然而有生气：

怒发冲冠，凭阑处、潇潇雨歇。抬望眼、仰天长啸，壮怀激烈。三十功名尘与土，八千里路云和月。莫等闲、白了少年头，空悲切。　　靖康耻，犹未雪；臣子恨，何时灭。驾长车踏破，贺兰山缺。壮志饥餐胡虏肉，笑谈渴饮匈奴血。待从头、收拾旧山河，朝天阙。

这一倾向的另外一位重要词人是张元幹。张元幹（1091~1160后），福建永福人。金兵围攻汴京时，他入李纲行营使幕府，后来李纲罢官，他也遭贬逐。绍兴八年，秦桧当国，力主和议，胡铨上书请斩秦桧等以谢天下，结果被除名送新州编管。此时，张元幹寓居三山（今福州），为了表达对胡铨的支持，他不顾安危，置酒相送，并写下了豪放慷慨的词作赠与胡铨。后来秦桧闻知此事，便追回他的官职，将他除名削籍。这首抒发了作者抑塞磊落之气、风格沉郁悲壮的词便是《贺新郎·送胡邦衡待制》：

梦绕神州路。怅秋风、连营画角，故宫离黍。底事昆仑倾砥柱，九地黄流乱注。聚万落、千村狐兔。天意从来高难问，况人情、老易悲难诉。更南浦，送君去。　　凉生岸柳催残暑。耿斜河，疏星淡月，断云微度。万里江山知何处？回首对床夜语。雁不到，书成谁与？目尽青天怀今古，肯儿曹、恩怨相尔汝！举大白，听金缕。

以李纲、岳飞、胡铨、张元幹为代表的第三种倾向的词人，奏出了时代的最强音。他们用词作武器，强烈地抒发了他们在民族危难、国家破亡之际的报国豪情。这些如黄钟大吕般响亮的音符，激发了同时代人们高昂的抗战热情，也为宋词的发展吹进一股强劲之风。这些词作，开启了后来辛弃疾等人的豪壮词风。从词的发展渊源来看，这一派词人显然源出苏轼，但他们侧重继承并发扬了苏词中雄放的一面，以之与抗敌救国的时代精神相结合，从而造就了窾坎镗鞳的豪放词声。然而，由于南宋朝廷长时间为主和派所把持，很多抗战志士常常是抑郁难申，因而使很多词人的作品更趋向于沉着悲慨。

(六) 角声吹 笛声吹 吹了南枝吹北枝——中兴词坛：豪放与骚雅共存

经过了南渡后几十年的和与战，南宋小朝廷偏安的局面已经形成。在这样相对平静的环境中，有志之士依然在为收复失

◎《中兴四将图》，自右向左依次绘刘光世、韩世忠、张俊、岳飞四将

地而呐喊，而南宋朝廷上下却得过且过，尽情享乐。“山外青山楼外楼，西湖歌舞几时休，暖风熏得游人醉，只把杭州作汴州。”（林升《题临安邸》）在朝廷上下和风一片的时候，那些失意的文人找不到报效国家的门路，他们往往流落江湖，用词来表达他们的“微痛纤悲”。在南宋所谓“中兴”时期的这些词人中，辛弃疾显然是前者的代表，而姜夔则是后者的代表。

在南宋前期词坛，辛弃疾无疑是最重要的一位词人。辛弃疾（1140~1207），字幼安，历城（今山东省济南市）人。他出生于金人统治下的北方，1161年，年仅22岁的辛弃疾聚众参加了以耿京为首的反金义军。他曾率五十骑突入金军大营，活捉叛徒张安国，这一壮举极大地振奋了当时人们抗金的斗志。以至于“懦士为之兴起，圣天子一见三叹息”（洪迈《稼轩记》）。但是南渡之后，辛弃疾并未受到朝廷的真正重用。起初只是任些闲职，到后来频繁调任，使他不能安于职守，杀敌报国的志愿始终难以施展。盛年时期，他竟有近二十载被闲置林下，老于江左。但他一直惦念着北伐事业，不与主和派妥协。晚年一度被重新启用，然而，“叶公岂是好真龙”，权臣韩侂胄只是利用他主战派将领的名声，图谋巩固自己的政治地位。所以，辛弃疾不久又被罢职，韩侂胄主持的北伐也遭到失败，辛弃疾大呼“杀贼”数声而死。

辛弃疾是“一世之豪，以气节自负，以功业自许”（范开《稼轩词序》），他是南渡后坚决主张北伐恢复的代表人物。

因此，他词中所表现的豪迈与失意、痛苦与欢乐，都与此息息相关。他曾说："恢复之事，为祖宗，为社稷，为生民而已，此亦明主所与天下智勇之士所共也，顾岂吾君吾相之私哉！"（《九议》）所以，当他率众北归，却被朝廷闲置的时候，他写下了著名的《水龙吟·登建康赏心亭》：

楚天千里清秋，水随天去秋无际。遥岑远目，献愁供恨，玉簪螺髻。落日楼头，断鸿声里，江南游子。把吴钩看了，栏干拍遍，无人会、登临意。　　休说鲈鱼堪鲙，尽西风、季鹰归未？求田问舍，怕应羞见，刘郎才气。可惜流年，忧愁风雨，树犹如此！倩何人，唤取盈盈翠袖，揾英雄泪？

江南漂泊的经历，不被人重视的境遇，这让以英雄自许的辛弃疾是非常悲愤的。然而，这并没有改变他抗金报国的豪情壮志，他只是为自己流年虚度、一事无成感到伤心落泪。有时候回忆起当年金戈铁马、驰骋疆场的战斗生活，他意气风发，当回到现实中来的时候，他又忍不住悲从中来：

破阵子

醉里挑灯看剑，梦回吹角连营。八百里分麾下炙，五十弦翻塞外声，沙场秋点兵。　　马作的卢飞快，弓如霹雳弦惊。了却君王天下事，赢得生前身后名。可怜白发生！

有时辛弃疾也很难压抑对主和派的愤恨，当朝廷把他频繁调动，让他席不暇暖、不能有任何作为的时候，他写下了著名的《摸鱼儿》：

更能消、几番风雨，匆匆春又归去。惜春长怕花开早，何况落红无数！春且住。见说道、天涯芳草迷归路。怨春不语。算只有殷勤，画檐蛛网，尽日惹飞絮。　长门事，准拟佳期又误。蛾眉曾有人妒。千金纵买相如赋，脉脉此情谁诉？君莫舞。君不见、玉环飞燕皆尘土！闲愁最苦！休去倚危楼，斜阳正在，烟柳断肠处。

这首词可以算作是词中《离骚》，表面上看，词人在写惜春、留春、怨春的情绪，实际上，词人借对春天的挽留，表达自己对光阴逝去的悲叹。罗大经《鹤林玉露》称“能消几番风雨”数句“词意殊怨”。词的下片更借助陈阿娇和赵飞燕的典故，尽情发泄了自己对朝中那些嫉贤妒能、排斥打击异己的群小的怨愤。尤其是词的最后，更得骚人之致，把在风雨飘摇中的南宋小朝廷的命运作了含蓄的描画。据说孝宗皇帝看了之后，颇感不悦。这首词很显然使用了屈骚的兴寄手法，使得北宋中期以来词人们“将身世际遇打并入艳情”的惯常做法，达到了更高的一种境界。梁启超说这首词“回肠荡气，至于此极，前无古人，后无来者”（《艺蘅馆词选》丙卷）。

在带湖和瓢泉闲居的日子里，辛弃疾还写下了很多反映田园风光的词，他把对朝廷中尔虞我诈的不满以及对恢复无日的失望换成对田园生活的无比向往和赞美：

清平乐

茅檐低小，溪上青青草。醉里吴音相媚好，白发谁家翁媪。　　大儿锄豆溪东，中儿正织鸡笼；最喜小儿亡赖，溪头卧剥莲蓬。

辛弃疾词的题材是多种多样的。作为南宋前期词坛扛鼎的旗手，辛弃疾在词的艺术上也有很多特色和创新。首先，辛弃疾是两宋词史上一位具有浪漫主义色彩的词人。这一方面因为他经常在词作中表达“看试手、补天裂”（《贺新郎》）的政治理想，还因为他的词中有金戈铁马的嘶鸣以及山河飞动的意象：“马作的卢飞快，弓如霹雳弦惊”（《破阵子》），“叠嶂西驰，万马回旋，众山欲东”（《沁园春》）；他经常把自然界中的景物拟人化：“遥岑远目，闲愁供恨，玉簪罗髻”（《水龙吟》），“争先见面重重，看爽气，朝来三数峰”（《沁园春》）；有时他和青山相看不厌，彼此欣赏：“我见青山多妩媚，料青山、见我应如是”（《贺新郎》）；有时则飞升太虚，与神仙为侣：“我志在寥阔，畴昔梦登天，摩挲素月，人间俯仰几千年”（《水调歌头》）。其次，辛弃疾以文为词，使词更加散文化、议论化，这也是对词的创作技法的一种革新。如：

贺新郎

甚矣吾衰矣。怅平生、交游零落，只今余几！白发空垂三千丈，一笑人间万事。问何物、能令公喜？我见青山多妩媚，料青山、见我应如是。情与貌，略相似。　一尊搔首东窗里。想渊明、《停云》诗就，此时风味。江左沉酣求名者，岂识浊醪妙理。回首叫、云飞风起。不恨古人吾不见，恨古人、不见吾狂耳。知我者，二三子。

把经史子集中的语言化用到词中，应该是辛弃疾的创造。这首词中的第一句和后四句分别从《论语》和《南史·张融传》中化出。至此，词从苏轼到辛弃疾，从以诗为词到以文为词，真正是无意不可入，无语不能用，大大地丰富了词的创作手段。其三，大量使用典故。用典是我国古典诗词的重要内容，也是我国古典诗词中常用的手法。凡诗词中引用与过去有关的人、地、事、物等史实，或语言文字，以为比喻，来增加词句的含蓄和典雅并借以丰富词的表达内容的都称为“用典”。词中用典，虽不始于辛弃疾，然而，若论到用典的多样

槿就为他取号曰白石道人。杨万里称他“于文无所不工，甚似陆天随（龟蒙）”，范成大称其“翰墨人品皆似晋宋之雅士”。后来，范成大归隐石湖，姜夔戴雪诣石湖访问，并献其咏梅新作《暗香》《疏影》，范成大以歌伎小红为赠。此后，姜夔又出入贵胄张鉴（中兴名将张浚之后）之门，十年相处，情同骨肉，以至于张鉴要为他捐官，并欲赠予土地让他养老，但遭到了他的婉拒。后来，姜夔向朝廷献《大乐议》及《琴瑟考古图》等，意图学习周邦彦，以正庙堂音乐，但只得到免解参加科考的优待，没有中选。在以后的日子里，他依然江湖漂泊，死时贫不能葬，后得吴潜之力葬于钱塘门外西马塍。著名词人张炎曾赞叹姜夔之词如“野云孤飞”“去留无迹”，用它来概括姜夔的人生也十分恰当，他一生萍踪浪游，死时也无声无息，真的是来去无迹。

姜夔深通音律，专力作词，从词作传统上来看，他也是走大晟词人重视格律、讲究词法一路的。姜夔的词在艺术上最突出的特点就是追求清空与骚雅的独特意韵。什么是“清空”？“清空”要求词在意象的选择上做到空灵透脱、不落俗套。比如姜夔词中的“数峰清苦”“高树晚蝉”“冷月无声”等，这里的“峰”“蝉”“月”本来就是可以脱俗的意象，而再分别用“清苦”“高晚”“无声”来修饰，便给人一种冷清、幽眇的感受，这就是意象上给人的清空。“清空”还指物与意的似是而非、似非还是的那种结合，即物与意的不粘连，而是相互激发。什么是“骚雅”？“骚雅”是一种有寄托的雅正情怀。姜夔词中抒发的情感往往比较空泛，它其实是文人的一种清雅的意趣，但其中又含有自己沦落江湖的失意悲伤和寂寞冷清。我们看他的这首《暗香》：

旧时月色，算几番照我，梅边吹笛？唤起玉人，不管清寒与攀摘。何逊而今渐老，都忘却、春风词笔。但怪得、竹外疏花，香冷入瑶席。　江国，正寂寂，叹寄与路遥，夜雪初积。翠尊易泣，红萼无言耿相忆。长记曾携手处，千树压、西湖寒碧。又片片、吹尽也，几时见得？

“旧时月色”“梅边吹笛”“夜雪初积”“西湖寒碧”这些意象都会唤起人们冷清、幽眇的感受，这就是词人制造的清空的意境。而旧时的月色和梅边的笛声自然又会让我们联想起词人的一段似有似无的已经远去的情事。在诗兴懒散之际，回忆起这些往事又是让人多么伤感。于是，江湖的流落，年龄的老去以及人生的寂寞与悲伤都滚滚而来。这首词咏梅而其实与梅有很大的疏离，它留下的只是与梅花、月色相关联的往事以及文人的旨趣。这就将意境的清空与文人的骚雅结合起来。能够体现这种风格的作品还有他的自度曲《扬州慢》：

淮左名都，竹西佳处，解鞍少驻初程。过春风十里，尽荠麦青青。自胡马窥江去后，废池乔木，犹厌言兵。渐黄昏，清角吹寒，都在空城。　　杜郎俊赏，算而今、重到须惊。纵豆蔻词工，青楼梦好，难赋深情。二十四桥仍在，波心荡、冷月无声。念桥边红药，年年知为谁生？

这首词一样是清冷的色调，昔日繁华的扬州城给人的感觉是一座空城。白天的扬州伴着凄凉的号角，夜晚的扬州则伴着无声的冷月。而卷上珠帘的十里扬州，还有如潮般观花的扬州市民都已经变得遥远。这是作者有意识的处理，这种处理的目的在于营造一种清空的意境，渲染一种伤感的气氛，以表达作者的黍离之悲。这就是清空与骚雅。

姜夔的清空，源于苏轼的清空，然而两者却并不相同。苏轼清空的主要特征是“空且静”，它表达的是苏轼无意为词却在词中常常表现出来的哲人情怀，即对人生的深邃思考和超然物外的旷达和自适。姜夔清空的主要特征是“空且冷”，它表达的是姜夔有意为词所制造的一种冷清意境。这种意境传达的往往是词人对于世界的一种感觉、一种旨趣。苏轼的清空实际上体现出的是他体悟到的佛道妙理，而姜夔的清空体现出来的是文人的世俗情怀。苏轼的清空表达的是一种哲人襟怀和思致，姜夔的清空表达的是文人的追求和雅趣。

姜夔的骚雅，源于辛弃疾的骚雅，两者亦不相同。辛弃疾骚雅的特征是“骚胜于雅”，他的词犹如屈子之赋。姜夔的骚雅则是“雅胜于骚”，它是作者有意点染的一种意趣。辛弃疾的骚雅是大鹏不得九天扶摇的怨怼和幽愤的一种寄托，它表达的是辛弃疾在理想不能实现的情况下的痛苦心绪。而姜夔的骚雅则是文人流落江湖、志意不得伸展的人生悲痛。这两种痛苦是不能等量齐观的。

姜夔的“清空”“骚雅”，是宋词深入诗化、求新求雅的必然结果。从创作实践来看，他实际上是一个能够注意吸收豪放、婉约两派之长，又能去两派之短的词人。姜夔的词遵守法度，讲求格律，对于豪放派的率意和疏阔有很大的矫正作用。他的词被人们认为是用健笔写柔情，因而，也克服了婉约词人的香艳、软媚。

姜夔虽然毫无疑问地归属婉约风格的词人，但他发扬传统而又自行开创的“清空”“骚雅”的风调，的确是词的另外一种韵致。姜夔影响之下的南宋词人，人们称之为“格律派”，这些人的代表是史达祖、吴文英等。他们作词句琢字炼，讲究声律，追求醇雅，一度成为词坛的风向标。在这些人中，吴文英的成就和作用最大。

吴文英（1212~1272），字君特，号梦窗，晚年又号觉翁，四明（今浙江省宁波市鄞州区）人。吴文英一生未第，游幕终身，于苏州、杭州、越州三地居留最久。晚年一度客居越州，先后为浙东安抚使吴潜及嗣荣王赵与芮门下客，后来落魄困顿以死。在中兴四大诗人和辛弃疾、姜夔相继谢世的时间里，吴文英是寂寥的南宋词坛最闪耀的明星，他保持了两宋词坛最后一抹耀眼的亮色。

吴文英一生的心力都倾注在词的创作上。他努力探索词的新的写作方式和技巧，为宋词创作手段的丰富作出一定贡献。吴文英最擅长的手法就是改变正常的思维习惯，将常人眼中的实景化为虚幻，将常人心中的虚无化为实有，通过奇特的艺术想象和联想，创造出如梦如幻的艺术境界。如游苏州灵岩山时所作的著名怀古词《八声甘州》：

渺空烟四远，是何年、青天坠长星。幻苍崖云树，名娃金屋，残霸宫城。箭径酸风射眼，腻水染花腥。时靸双鸳响，廊叶秋声。　　宫里吴王沉醉，倩五湖倦客，独钓醒醒。问苍波无语，华发奈山青。水涵空、阑干高处，送乱鸦、斜日落鱼汀。连呼酒，上琴台去，秋与云平。

灵岩山是苏州西南的一处著名景点，因为山上有吴王馆娃宫的旧址而常常引来文人们的凭吊。然而，作者开头却设一问句将实实在在的眼前景色幻化为似虚若无：这是哪一年从上天坠落的一颗长星？好像矗立在人们面前的这座山，原本就不曾有似的。作者另着一“渺”字，再罩之以“空烟”，就将这座名山虚化了。而接下来，词人又把早已走进历史尘烟中的一段往事写得如在目前：这里就是西施所居的馆娃宫的所在，是

◎（宋）刘松年《山水图》

一代霸主吴王夫差的宫城。当一阵令人双眼酸痛的冷风吹来，你还可以闻到花草间被脂粉染腥了的气息，还可以听到响屧廊上传来的西子曼妙的脚步声，吴宫里夫差醉了，五湖间范蠡独醒，于是，历史变成了另外一个样子。在这里作者又将一段虚幻的故事写得实实在在。最后，词人用“乱鸭”“斜日”“秋云”将这一切都统统化为虚无，同时又寄寓了很深的感慨。这就是吴文英的词，一种能将现实和虚幻错位和倒置的艺术。

吴文英的词远绍飞卿，近师美成，尤其对周邦彦的作词之法多所继承。在章法结构上也常常打破时空变化的次序，把不同时空的情事、场景浓缩统摄于同一画面内；或者将实有的情事与虚幻的情境错综叠映，使意境扑朔迷离，跳跃性很强，因而造成了词境的模糊性、多义性，增加了读者理解的难度。加之吴文英作词好用典故，词采密丽，进而形成典丽精工的艺术特点，吴词于是变为丽密博奥、奇幻深曲的风格。宋词发展至此，人巧胜似天工，变自然之美为雕琢之美。故褒之者以为“梦窗深得清真之妙”（《乐府指迷》），贬之者以为“如七宝楼台，眩人眼目，拆碎下来，不成片段”（张炎《词源》）。代表这种特点的是他的《莺啼序》。

（七）男儿西北有神州 莫滴水西桥畔泪——辛派绝响和白石遗韵

南宋后期词坛，实际上是辛派和格律派的余响。其中属于辛派后继词人的有刘克庄、陈人杰、文及翁、刘辰翁、文天祥等。他们作词以稼轩为宗，崇尚抒情言志的痛快淋漓，而不斤斤计较字工句稳，政治批判的锋芒有时比辛弃疾更尖锐，但不免粗豪叫嚣之失。属于格律派后继词人的除了上面已经介绍的吴文英之外，还有陈允平、周密、王沂孙、张炎等。他们以姜夔为典范，注重炼字琢句，

◎ 文天祥像

审音守律，追求高雅脱俗的艺术情趣；词的题材也以咏物为主，讲究寄托，但有些词的意蕴隐晦难解。

辛派的后继词人中，刘克庄、文及翁都有经典的作品传世。刘克庄（1187~1269），字潜夫，号后村，福建莆田人，词风豪迈慷慨。宁宗嘉定二年（1209）补将仕郎，调靖安簿，始更今名。江淮制置使李珏任为沿江制司准遣，随即知建阳县。因咏《落梅》诗得罪朝廷，闲废十年。这首诗是这样的：

一片能教一断肠，可堪平砌更堆墙。
飘如迁客来过岭，坠似骚人去赴湘。
乱点莓苔多莫数，偶粘衣袖久犹香。
东风谬掌花权柄，却忌孤高不主张。

《落梅》写于南宋小朝廷偏安东南一隅、社会正处于风雨飘摇之际。当时的朝廷景象昏暗，达官显贵们过着纸醉金迷的生活，早已把恢复中原之事抛到了九霄云外。目睹此情此景，爱国忧民的诗人真是万分痛心。作者虽有一腔报国热情，但充满报国热情的人却得不到朝廷的重用，倍受排挤、迫害，他们或成为“过岭”的“迁客”，或成为“赴湘”的“骚人”，于是，诗人便将内心的悲愤和不满借“落梅”这一意象曲折地表达出来。该诗有着深刻的寓意，寄托着诗人浓烈的悲愤之情。统治者将刘克庄闲废十年，亦足见对《落梅》诗的嫉恨和不满。

刘克庄后来通判潮州，改吉州，又入授枢密院编修官，兼权侍郎官，被免。宋理宗时，以其“文名久著，史学尤精”，赐同进士出身，任秘书少监兼国史院编修、实录院检讨官。景定三年（1262）授权工部尚书，升兼侍读。五年（1264）因眼疾离职。度宗咸淳四年（1268）特授龙图阁学士。第二年去世，谥文定。作为一个爱国志士，刘克庄的晚节有些不保，他趋奉贾似道，谀词谄语，连章累牍，为人所讥。但他也曾仗义执言，抨击时弊，弹劾权臣。刘克庄的代表作是《满江红》：

金甲雕戈，记当日、辕门初立。磨盾鼻、一挥千纸，龙蛇犹湿。铁马晓嘶营壁冷，楼船夜渡风涛急。有谁怜，猿臂故将军，无功级？　　平戎策，从军什。零落尽，慵收拾。把茶经香传，时时温习。生怕客谈榆塞事，且教儿诵花间集。叹臣之壮也不如人，今何及！

这首词是刘克庄的代表作品。作者先是描写了昔日军旅的豪迈生活。嘉定十一年（1218），31岁的刘克庄时在江淮制置使李珏幕府。他身着戎装，威风凛凛，由于文思敏捷，擅草军檄，被誉为“军书檄笔，一时无两”。词人自己也很自负，因此，这段从军的往事便常常被他提及：“依稀记，曾请缨系粤，草檄征辽”，“此生聚散须牢记，记上扬州战舰时”。然而，这段热烈的军旅生活是短暂的，代之而来的却是长期的闲废和琐碎的郡务。早年的壮怀激烈和晚年的事故圆通，这两种不同的人生状态，形成鲜明的对照。

文及翁的《贺新郎》是后继辛派词人中的又一传世名作：

贺新郎·西湖

一勺西湖水。渡江来、百年歌舞，百年酣醉。回首洛阳花世界，烟渺黍离之地。更不复、新亭堕泪。簇乐红妆摇画艇，问中流、击楫谁人是？千古恨，几时洗？　余生自负澄清志。更有谁、磻溪未遇，傅岩未起。国事如今谁倚仗，衣带一江而已！便都道、江神堪恃。借问孤山林处士，但掉头、笑指梅花蕊。天下事，可知矣！

与刘克庄相比，文及翁不是著名人物，他为后人熟知其实就因为这首词。据说，此词是文及翁登第后与同年进士一起游览西湖时所作。文及翁是四川绵州人，游湖时有人问他“西蜀有此景否？”这样的发问让心忧国事的文及翁触景生情，他于是即席赋词，写下了这篇振聋发聩的作品。词中谴责了南宋朝廷满足于虚假的承平景象，歌舞享乐，不思恢复，并对统治者依恃长江天险不作战备深感忧虑。同时也批评了那些自恃清高、不谈国事的所谓雅士。这首词善于使用典故，善于设问，并具有强烈的感情色彩。偌大一个西湖，词人却谓之“一勺”，其中讥讽南宋朝廷甘于偏安的愤激之意溢于言表。

在“风景不殊，举目有河山之异”的时候，他们连东晋人相视流泪的场面都不曾有，更不用说有王导那样的戮力王室的英雄了。作者这里连续使用了两个问句：这些听歌看舞的达官显贵们，谁是中流击楫的人物？没有这样的英雄，又怎样洗雪靖康之耻？个中的愤激和讽刺十分强烈。

格律派后继的词人常常被人们关注的是王沂孙、周密和张炎。周密字公谨，号草窗，原籍济南，后为吴兴（今浙江湖州）人。曾任义乌令等职，宋亡不仕。其词讲究格律，文字精美，词风与吴文英（梦窗）齐名，并称“二窗”。为宋末格律词派的代表作家。早期多惆怅之作，如《木兰花慢·西湖十景》，韵美声谐；中期以后转为忧伤凄楚，多抒发思国怀乡之情，如《拜星月慢·腻叶阴清》《秋霁·重到西泠》《玉京秋·烟水阔》《一萼红·登蓬莱阁有感》等。他善自度曲，也有过分追求形式美的倾向。

木兰花慢·断桥残雪

觅梅花信息，拥吟袖，暮鞭寒。自放鹤人归，月香水影，诗冷孤山。等闲。泮寒晛暖，看融城、御水到人间。瓦陇竹根更好，柳边小驻游鞍。　　琅玕。半倚云湾。孤棹晚，载诗还。是醉魂醒处，画桥第二，奁月初三。东阑。有人步玉，怪冰泥、沁湿锦鹓斑。还见晴波涨绿，谢池梦草相关。

这首词是周密年少时的成名之作，本是与别人赌气争胜、炫耀才能的作品。词中紧扣“断桥残雪”字面，写出了一幅诗意清冷的画面，虽然没有什么寄托比兴，也没有很高的立意，但非常注重词法，结构十分严谨。并且，根据词人的小记记载，这首词经过了当时最著名的词律大师杨缵的正音，因此，在格律上堪作典范。

张炎字叔夏，号玉田，祖籍凤翔成纪（今甘肃天水），寓居临安。他是贵族后裔（循王张俊六世孙），也是南宋著名的格律派词人，父张枢，精音律，与周密为结社词友。张炎前半生在贵族家庭中度过。宋亡以后，家道中落，贫难自给，曾北游燕赵谋官，失意南归，落拓而终。曾从事词学研究，著有《词源》，有《山中白云词》，存词约三百首。文学史上把他和另一著名词人姜夔并称为“姜张”。张炎为词标举“清空”“骚雅”，推崇周邦彦、姜夔而贬抑吴文英，认为吴文英的词过于“质实”。他的词多写个人哀怨并长于咏物，常以清空之笔，写沦落之悲，带有鲜明的时代印记。他还是一位著名的词论家，他写的《词源》，在词的形式研究方面给后人留下了不少启迪。在论述乐律部分，书中保存了有关乐词的丰富资料，是一部有权威性的理论专著。张炎的代表性作品是《高阳台》：

接叶巢莺，平波卷絮，断桥斜日归船。能几番游？看花又是明年。东风且伴蔷薇住，到蔷薇、春已堪怜。更凄然，万绿西泠，一抹荒烟。　　当年燕子知何处？但苔深韦曲，草暗斜川。见说新愁，如今也到鸥边。无心再续笙歌梦，掩重门、浅醉闲眠。莫开帘，怕见飞花，怕听啼鹃。

这是一首眷念故国的哀歌，借西湖感春抒发自己的亡国之痛。春天往往是美好的，可在故国灭亡的张炎眼中，它却是另一幅景象。词中的“断桥斜日”“万绿西泠”和“一抹荒烟”就是词人眼中的春天，它凄凉、暗淡，没有一点生机。“旧时王谢堂前燕，飞入寻常百姓家”，如今的燕子又飞到了何处？“但苔深韦曲，草暗斜川”，它已经无处栖身。还有比这更沉痛的词句吗？面对着残破的春景，词人不忍观看，所以，“掩重门”“莫开帘”，因为“怕见飞花，怕听啼鹃”，这两个“怕”字道尽了江山易主之后的目不忍睹、耳不忍闻之痛。陈廷焯赞此词“凄凉幽怨，郁之至，厚之至”（《白雨斋词话》），可谓准确而又恰当。

值得我们注意的是，张炎是宋词的最后一位重要作者，他用他哀怨的歌声送走了他的半生浮华，也送走了大宋残破的江山。他的词就是一曲曲凄凉的挽歌，这一曲曲挽歌由于他精通音律、注重审音拈韵而流丽清畅，也时有精警之处。但由于他过分追求局部的诗情画意，在整体构思上不免失之空疏，故境界开阔而又立意甚高者并不很多。

贰

入我相思门 知我相思苦

——哀怨宋词（上）

在宋代很多文人的眼里，词是专意抒情的工具，而爱情又是人类至尊至美的情感，是人类歌唱的永恒主题，因此，他们愿意把久久压抑在心头的情愫通过词——这种最恰当的抒情工具表现出来。

所以，言情词是宋词的大宗，也可以说是宋词的主题。男女情感是人类情感中最为复杂、最为微妙、最为生动的部分。宋词演绎了世上男女所经历的各种欢乐和悲伤，在那些爱情的礼赞和相思痛苦的呻吟之中，我们看到了宋词所呈现的哀怨风调以及所展示的婉约之美。

（一）一寸相思千万绪 人间没个安排处——人间情爱的欢乐与痛苦

相思离别在古诗中就是一个常见的题材，中国最早的一首远古歌谣《候人歌》，就是一首写相思的歌曲。此后，从古老《诗经》中的《郑风·伯兮》《王风·君子于役》到《古诗十九首》中的《行行重行行》，再到南朝民歌《西洲曲》、唐代张若虚的《春江花月夜》，相思和离别的诗歌是一条不断的大江大河。到了宋代，言情的主题大都为词所继承，所以相思和离别在词中便成为最常见的题材了，甚至可以说，词在这方面是独擅胜场的。当词人们沉浸于世俗情感，无不被爱情的美丽所倾倒，也常常为相思的痛苦而流泪，更为离别的伤感而哽咽无声。他们把对爱情的体验诉诸笔端，留下的则是一曲曲哀婉动人的歌。

写相思的名作当属李之仪的《卜算子》：

我住长江头，君住长江尾。日日思君不见君，共饮长江水。　　此水几时休，此恨何时已。只愿君心似我心，定不负相思意。

◎（清）佚名《十二月令图之正月十五元宵夜》

不知道李之仪这首词思念的是一位怎样的女子，但从词中可以看出，她住在“长江尾”。这里是吴越旧地、山水胜窟，是人间天堂，这位女子自然也应该是一位江南佳丽。以水喻情，虽然平淡，但意蕴悠远。古诗中曾有这样的句子：“思君如流水，何有穷已时。”可以说，以流水喻相思，出自天然。而且江水奔流，千年万年不变。江流不变，爱也不变；江流不断，相思不断。还有比这更恰当的词句吗?

元宵节是爱情的节日，在宋代，元宵节也是最热闹的节日。太祖开宝年间诏令，元宵节张灯五天，即从十四日到十八日，叫作“五夜元宵”。元宵节还是道教三元中的“上元节”，十五日这一天，皇帝御乾元门观灯，汴京城内夜不宵禁，市民如痴如醉。这样的节日正是青年男女可以相会的日子，“中州胜日，闺门多暇，记得偏重三五。铺翠冠儿，捻金雪柳，簇带争济楚”(李清照《永遇乐》)。这个节日实际上就是中国的情人节，很多相见的快乐和相思的痛苦都发生在这个花市如昼的夜晚里。

青玉案·元夕

东风夜放花千树。更吹落、星如雨。宝马雕车香满路。凤箫声动，玉壶光转，一夜鱼龙舞。　　蛾儿雪柳黄金缕，笑语盈盈暗香去。众里寻他千百度。蓦然回首，那人却在，灯火阑珊处。

这是辛弃疾的一首写元宵之夜胜景的词。可是，春风里那些灿若星树的烟火，飞转的走马灯，还有精彩的鱼龙飞舞，都不能吸引这个男子的注意。甚至于连那些打扮得花枝招展、一路说笑的女郎都难以令他关心。他要赴约会，要寻找的是他的所爱。张望之间，那个女子正在灯火阑珊的地方也在翘首以盼，这是多么令人心悸的场面！

当然，有见面的欣喜，也就有寻不见意中人的惆怅。

生查子

去年元夜时，花市灯如昼。月上柳梢头，人约黄昏后。　　今年元夜时，月与灯依旧。不见去年人，泪湿春衫袖。

这是欧阳修的一首小词，也有人曾说是断肠词人朱淑真的作品。和上面那首词不同，这首词所写的是去年之时，去年之地，却不见去年之人。这首小词忽略了上元之夜的热闹与

◎ 唐中宗与韦后上元赏灯图

繁华，只是说去年此时“花市灯如昼”，今年此时“月与灯依旧”。这说明，词中主人公在意的不是元夜的胜景，而是心上之人。而这一年一度的相会，竟然也不能如其所愿，该是多么令人惆怅落寞。

这是一篇浑然天成的妙品，没有任何矫饰，全都出语天然，就像是那个期会不成的女孩的自言自语，又像是对闺阁密友的无奈倾诉。

一霎相会的欢乐，经常会带来无限的痛苦和怨艾。张先的《一丛花令》就表达了这样的情感：

伤高怀远几时穷？无物似情浓。离愁正引千丝乱，更东陌、飞絮濛濛。嘶骑渐遥，征尘不断，何处认郎踪？

双鸳池沼水溶溶，南陌小桡通。梯横画阁黄昏后，又还是、斜月帘栊。沉恨细思，不如桃杏，犹解嫁东风。

在古代社会，在爱情中受到伤害的往往是女性，当她们将一腔情愫、全部的希望寄托在自己的情郎身上时，换来的往往是失望和愁恨。短暂的欢会过去了，薄幸的情郎远走了。任凭自己登上高楼、凭栏远望，任凭自己愁情无限、乱入飞絮，哪里还能寻得到他的踪影呢？在那个月色西沉的夜晚，她将身心都交给自己属意的郎君，而他留给自己的却仍旧只有西天的残月和无尽的相思。于是，这位绝望中的女子忽然生出了这样一种妙想："沉恨细思，不如桃杏，犹解嫁东风。"其实，东风和春花的依偎是无意的。然而，"无意东风花半露，有闲春色燕双飞"，东风和春花的无意依伴竟然也会让她羡慕，可见其落寞的心情了。宋词中经常有一些"无理而妙"的句子，它常常能够反映人在特殊情形下的心理，上面的句子便是。

犹如张先笔下的女子看到"桃杏"与"东风"的相伴而忽生奇想，多情的李清照在领略了秋风的衰飒之后却诞生了一个绝妙的比喻。让人们在体会这位才女思夫痛苦的同时，也感叹她的超乎常人的想象能力。

醉花阴

薄雾浓云愁永昼，瑞脑消金兽。佳节又重阳，玉枕纱厨，半夜凉初透。　　东篱把酒黄昏后，有暗香盈袖。莫道不消魂，帘卷西风，人比黄花瘦。

每逢佳节的相思尽管写得真切感人，却都是闺中女子平平常常的生活。唯独"人比黄花瘦"这句，是一个让她的丈夫闭门谢客三天三夜，写了五十首词都赶不上的妙喻。这是李清照的才情流露，怪不得有的人在接到家书之后常常是欣喜万分，而赵明诚却"每苦之也"，因为他没有妻子的填词才华，每每在相互赓和中落于下风。

爱情与相思能给人以欢乐，也能给人以痛苦。然而，当繁华落尽，青春远去之后，也能给人带来慰藉。

晏几道是太平宰相晏殊的小儿子，当他从纨绔梦中醒来走向自己的人生的时候，一切都改变了：往日的词友日渐凋零，昔时的歌女也不知所终："始时沈十二廉叔、陈十君龙家，有莲、鸿、苹、云，品清讴云客。每得一解，即以草授诸儿。吾三人持酒听之，为一笑乐。已而君龙疾废卧家，廉叔下世。昔之狂篇醉句，遂与两家歌儿酒使，俱流传于人间。……追惟往昔过从饮酒之人，或垅木已长，或病不偶。考其篇中所记悲欢合离之事，如幻如电、如昨梦前尘，但能掩卷怃然，感光阴之易迁，叹境缘之无实也！"（《小山词自序》）

因为这样的经历，小山词便多了对往事的追怀和对昔日情人的思念。

临江仙

梦后楼台高锁，酒醒帘幕低垂，去年春恨却来时。落花人独立，微雨燕双飞。　　记得小蘋初见，两重心字罗衣，琵琶弦上说相思。当时明月在，曾照彩云归。

晏几道常被人称作是小令词的最后一位作家，这其中的原因主要有两个方面：一是在词调以慢词和中调为主的词坛，他还执着于小令的创作；另一个方面就是他的令词的成就既可以追步前人，又可以傲视当代作手。这首小词就是他令词的代表。酒醒梦回之后，他已经不止一次地来到昔日的那个歌舞楼台了，只是尘香尽、帘幕垂，春如旧、人空瘦。微雨之中，落花之下，他显得那样孤独。他又一次想起和小苹姑娘的那段往事：这是和小苹姑娘的初见，也是最后一次相见了，小苹姑娘仰慕词人的文采风流，素昔的交往也早已让两人心有灵犀，只是在众目睽睽之下无法倾诉衷肠。她把满腔的情愫凝聚在指尖之上，将一只只琵琶曲弹得如泣如诉、如怨如慕。曲终了，人散了，小苹姑娘此后去了哪里也无从知晓。在词人的脑海中，只记住了小苹姑娘的心字罗衣，还有她精湛的琵琶技艺，而小苹姑娘却像巫山上的那片彩云一样悄然来去。这首词是小晏令词中的精华妙品，其婉约和凄美让后人感叹。陈廷焯就曾经说："自有艳词，不得不让伊独步！"（《白雨斋词话》）

其实，并不是所有的相思和爱情都是有结果的。当"所谓伊人，在水一方""欲往从之，道阻且长"的时候，那种爱而不得的相思之苦也就可想而知了。让我们来看一下贺铸的《青玉案》：

凌波不过横塘路，但目送、芳尘去。锦瑟华年谁与度？月桥花院，琐窗朱户，只有春知处。　飞云冉冉蘅皋暮，彩笔新题断肠句。若问闲情都几许？一川烟草，满城风絮，梅子黄时雨。

人们常把这首词当作写单相思的杰作，其实它也是一首深有寄托的词作。也许并不是因为贺铸长得太丑陋的原因，那个步履轻盈的女子没有向横塘走来，但站在远处的一瞥却让多情的词人失魂落魄。于是他痴想：这位妙龄的女子，有谁能和你共度这花样的年华？你是不是在一个月华如水、春花满眼的小院里孤寂独处？然后是痴等：一直等到暮色降临，一直等到柔肠寸断，却再也见不到那位女子的芳踪。最后，词人把满腔的愁绪凝聚笔端：你想问一问我的相思闲愁都有多少吗？它就像漫川的芳草一样无边无际，像满城飘飞的杨花一样纷纷乱乱，又像江南的梅雨一样绵绵无期。真是好一个情痴！

◎ 李商隐像

相思和离别是一种相伴相生的情感，人生因为有了离别才有了相思。“黯然销魂者，唯别而已矣”（江淹《别赋》）。离别是人生一种无奈的痛，我们今天也许很难体会古人离别的那种伤感，因为关山阻隔，音讯难通，很多的时候，生离几乎等于死别。“君问归期未有期，巴山夜雨涨秋池”（李商隐《夜雨寄北》），可以问询的离别尚且归期难定，何况飘零于江湖，没有定止的离别呢？柳永的《雨霖铃》渲染的就是这种离情：

寒蝉凄切。对长亭晚，骤雨初歇。都门帐饮无绪，留恋处、兰舟催发。执手相看泪眼，竟无语凝噎。念去去、千里烟波，暮霭沉沉楚天阔。　　多情自古伤离别。更那堪、冷落清秋节。今宵酒醒何处，杨柳岸、晓风残月。此去经年，应是良辰、好景虚设。便纵有、千种风情，更与何人说？

秋风吹来的季节，树叶飘零；一场大雨之后的黄昏，狼藉满目。在这样的时刻分别，成甚滋味呢？这首词里不仅有一对情人之间的难分难舍，更有人生无限凄凉的况味。当往日的欢乐都滚滚来到眼前，当离别成为一种迷茫的期待，试想，在这样的时刻，纵有佳肴美酒，还怎么能够下咽？这是一场不知会期的离别，因为“此去经年”。“杨柳岸、晓风残月”的意境虽美，可是却多了羁旅的悲凉。分别以后自然仍会有“良辰美景”，可是，当“人面不知何处去”的时候，即便有千万种情意，又说给谁听？

《雨霖铃》是用觱篥演奏的一种曲子，其声哀切，相传它创制于唐明皇。马嵬兵变后，杨贵妃缢死，在天下初定之际，玄宗还朝。一路上凄雨沥沥，风雨吹打在鸾驾的金铃上，如私语泣诉，倍加令人伤情。《明皇杂录》里写道："明皇既幸蜀，西南行，初入斜谷，属霖雨涉旬，于栈道雨中闻铃，音与山相应。上既悼念贵妃，采其声为《雨霖铃》曲，以寄恨焉。"不论这种记载是否属实，这首曲子的声情无疑是哀怨凄切的。

秦观的《满庭芳》是另一首抒写离别之情的名曲。秦观虽少怀大志，但一生并不得志，诗名、文名也俱为词名所掩。留给世人的，似乎永远都是风流倜傥的才子形象，就像他的字：少游，青春浪漫的少年之游。又像他的词："柔情似水，佳期如梦"，一生大抵如春梦。其实，秦观的人生颇具有悲剧意义，当他苦苦追寻自己的理想目标却不能实现、寄情青楼的时候，当他无端被贬斥、在孤馆春寒中痛苦呻吟的时候，他在词中发出的哀叹不是温婉而是凄厉！

秦观的《满庭芳》堪称宋代最流行的歌曲之一，为此，他的老师苏轼戏称之为"山抹微云秦学士"，他的女婿范温也自豪地称自己"乃'山抹微云'女婿也"。

满庭芳

山抹微云，天连衰草，画角声断谯门。暂停征棹，聊共引离尊。多少蓬莱旧事，空回首，烟霭纷纷。斜阳外，寒鸦万点，流水绕孤村。　　销魂。当此际，香囊暗解，罗带轻分。谩赢得、青楼薄幸名存。此去何时见也，襟袖上、空惹啼痕。伤情处，高城望断，灯火已黄昏。

秦观的言情词不下百首，“将身世之感，打并入艳情”（《宋四家词选》）是其很重要的一个特点。这首词虽言离别，但其中就寄寓了词人的身世之感、羁旅之愁。人间情事总是令人难以忘怀的，当与自己的情人分别之际，更让人有一种烟水迷离、前途莫测之感。所以，这首词虽然看起来和婉，但仍然很难掩饰骨子里的凄凉之意。你看，日是斜照，鸦是寒鸦，村是孤村。最后则是高城不见，灯火已昏。这只是和情人分别的感受吗？不是，一种漂泊无依的悲凉和人生无着的恐惧都溢于字里行间。这才是秦观，一个时常伤心的人。

周邦彦曾是宋徽宗大晟乐府的提举，他的离别词多了些文人的醇雅，少了些世俗的真情，但依然能够凄婉动人。

兰陵王·柳

柳阴直，烟里丝丝弄碧。隋堤上，曾见几番，拂水飘绵送行色？登临望故国。谁识？京华倦客？长亭路，年来岁去，应折柔条过千尺。　　闲寻旧踪迹。又酒趁哀弦，灯照离席。梨花榆火催寒食。愁一箭风快，半篙波暖，回头迢递便数驿，望人在天北。　　凄恻，恨堆积。渐别浦萦回，津堠岑寂。斜阳冉冉春无极。念月榭携手，露桥闻笛。沉思前事，似梦里，泪暗滴。

周邦彦因《汴都赋》而名声大噪，也因此他被留校做了太学正。然而，此后的周邦彦仕途并非遂顺，淹滞京师的时间太久了，他心生倦意。于是，在送别了一个个亲友之后，在一个柳絮飘绵的日子，他也终于踏上了旅程。可是，京师里又有他太多的牵挂和不舍：喧闹的都市里，灯红酒绿，纸醉金迷；按管调弦的青楼中，风花雪月，诗酒流连。这一切，对于以周郎自许的这位年轻才俊，怎么可能会没有任何吸引力？况且，那些“月榭携手，露桥闻笛”的昨日风流，是不会随着几滴清泪的坠落便烟消云散的。这首题名为《柳》，看起来像是咏物的词，其实渲染的是昨日的离情和今日的别绪。离别有几种形式：折柳相赠、长亭宴席、送君南浦，在这里都被他囊括其中，因为这首词是送别的经典。

◎ 陆游像

如果我们前面所列的相思和爱情

的故事都只是词人人生的一个个插曲的话，还有一个更让人撕心裂肺的相思和爱情故事，它记载了一个美丽生命的陨落，也感动了痴情的词人一生。这个故事的主人公就是著名词人陆游。

宋高宗绍兴二十五年（1155）的春天，一个风和日丽的天气，陆游兴致很高地来到了他经常驻足的沈园。然而，一次意外的邂逅却让他目瞪口呆，他突然撞见了和他分手十年的前妻唐琬。想当年，夫妻恩爱缠绵、琴瑟和鸣，因为母亲的严命才不得不分开。十年阻隔，时间之神正用一只妙手在轻轻抹去刻在他们心头的深深印痕，而今日的相遇，却唤起词人心中一种无比的爱怜和痛悔。此时和丈夫赵士程一起前来游园的唐琬，也被这次意外的相见惊呆了。面对昔日的丈夫，唐琬的心里更如五味杂陈，也许她曾不满陆游的懦弱，可是又怎能从心底里把这份美好的情感忘记呢？然而，限于礼制，他们不能互通款曲。唐琬遣人送去酒馔，款待陆游，陆游则将一腔愧悔凝聚笔端，写下了一首震撼人心灵的歌词：

钗头凤

红酥手，黄縢酒，满城春色宫墙柳。东风恶，欢情薄，一怀愁绪，几年离索。错、错、错。　春如旧，人空瘦，泪痕红浥鲛绡透。桃花落，闲池阁，山盟虽在，锦书难托。莫、莫、莫。

唐琬的出现，让陆游的相思之情不可遏制。沈园曾经是他们当年出双入对的去处，可如今碧柳宫墙，春色如许，而人事已经面目全非，这让陆游为自己以前的行为椎心顿足，追悔莫及。当看到唐琬那憔悴的面容，他甚至不愿意再回首这段不堪的往事。陆游把这首词题在沈园的墙壁上，惆怅离去，而看到这首词的唐琬却柔肠寸断。据说，她和了这首词："世情薄，人情恶，雨送黄昏花易落。晓风干，泪痕残。欲笺心事，独语斜阑。难、难、难。　　人成各，今非昨，病魂常似秋千索。角声寒，夜阑珊。怕人寻问，咽泪装欢。瞒、瞒、瞒。"不久，唐琬便郁郁而逝。唐琬的去世，带给陆游五十多年的爱情回忆，也让人们无不为这段凄美的爱情流下热泪。陆游七十五岁的时候，蒙恩致仕回到故乡山阴。再回到令他伤心欲绝的沈园，他写下了《沈园二首》，其二曰："梦断香消四十年，沈园柳老不吹绵。此身行作稽山土，犹吊遗踪一泫然。"后来，他不敢再到令他魂销的沈园了，于是便又作《十二月二日夜梦

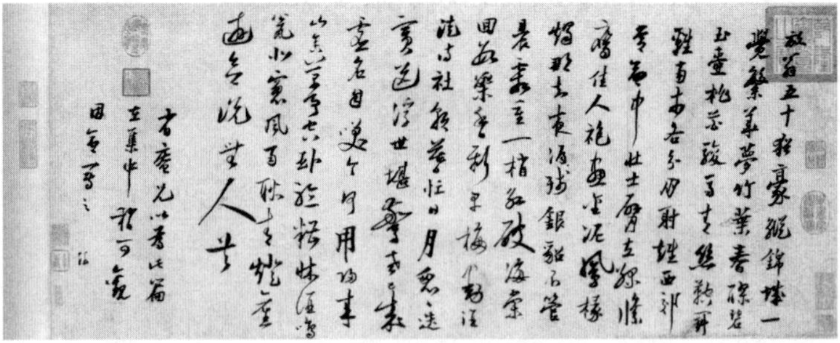

◎ 陆游《怀成都十韵诗》卷

游沈氏园亭》二首，其一曰："路近城南已怕行，沈家园里更伤情。香穿客袖梅花在，绿蘸寺桥春水生。"八十五岁那年，陆游因故再去沈园，忍不住又留下伤悼唐琬的诗句："沈家园里花如锦，半是当年识放翁。也信美人终作土，不堪幽梦太匆匆。""我"知道"我"思念的美人已经不在了，可是，让"我"做个长长的梦行不行？你不能不感叹词人相思的执着。不久，他就带着思念中的唐琬，带着一生放不下的愧疚，溘然长逝。缠绵如此，真让人唏嘘不已。

以上我们纵览了词中相思离别这类题材，那么，它们都有哪些共同的特征呢？

首先，相思离别词虽然抒情比较真率，但也尽合中国的文化传统。这就是说，它们依然表现得有些理性和内敛。虽然柳永等人的作品有些表现得过于浅俗、直露，但从总体上来看，在抒情的过程中，这类词还是比较含蓄，甚至是隐约的。"恨君不似江楼月，南北东西。南北东西，只有相随无别离。恨君却似江楼月，暂满还亏。暂满还亏，待得团圆是几时？"（吕本中《采桑子》）相思是热烈的，表达却是委婉的。

其次，相思离别词多写春花秋月、良辰美景。爱情是人类最美好的情感，也许只有美好的事物才能与之相匹配。春天的美好，春花的美好，秋月的团圆，其实都暗谐爱情。而春天的易失，春花的易落，秋月的亏输，又常常象征着美好爱情的脆弱，并且唯有春花、秋月的零落、逝去才更能唤起人们对美好情感的珍重和怜惜。正如下面的词句："宝钗分，桃叶渡，烟柳暗南浦。怕上层楼，十日九风雨。断肠片片飞红，都无人管，更谁劝啼莺声住？"（辛弃疾《祝英台近》）"旧时月色，算几番照我，梅边吹笛？唤起玉人，不管清寒与攀折。"（姜夔《暗香》）

再次，相思离别词多写对往事的追忆。离别往往是对过去的总结，也只有对以往美好的回忆才更能增加此时离别的痛苦和不堪，也才能点亮以后心中的那盏相思之灯。"君到南徐芳草渡。想得寻春，依旧当年路。后夜独怜回首处，乱山遮隔无重数。"（杨炎正《蝶恋花》）

总之，爱情是人类最美好的情感，相思是一种美丽的忧伤，然而，受礼制、理学以及文化传统的制约，词人们对爱情的歌颂还是温婉而有节度，因此，使得这些词作在审美风调上显得含蓄、典雅、柔美、哀伤。

（二）梧桐半死清霜后　头白鸳鸯失伴飞——哀感顽艳的悼亡词

"悼亡"是一个特定的概念，《辞源》对这一词条的解释是："晋潘岳妻死，赋《悼亡诗》三首，后因称丧妻为悼亡。"可见，"悼亡"不是广泛意义上的对死者的追怀，它是专指悼念亡妻的，这在潘岳的《悼亡诗》出现以后成为文人们约定俗成的界定。用诗歌悼亡，本来也不开始于潘岳，在中国最早的诗歌总集——《诗经》中就已经出现了情真意切的悼亡诗。如《唐风·葛生》：“葛生蒙楚，蔹蔓于野。予美亡此，谁与独处！”在这首诗里，诗人表达了对阴阳隔世的悲哀，还有“夏之日，冬之夜”孤寂独处的凄凉，同时表达了“百岁之后，归于其居”的强烈愿望。《诗经》中另有一首《邶风·绿衣》也是一首悼亡之作。这首诗表达的是睹物思人的悲伤：“绿兮衣兮，绿衣黄里”，看到妻子生前给自己缝制的衣裳，而如今物是人非，因此，止不住“心之忧矣，曷维其已”，从而想起亡妻对自己的体贴和爱意，因此，这也是一首情真意切的悼亡诗。

◎ 潘岳像

然而，悼亡虽作为诗歌的一种抒情内容古已有之，但作为一种诗歌题材却还不能说就此确定，西晋的潘岳才是这一题材的真正奠定者。据说潘岳的妻子杨氏是西晋书法家戴侯杨肇的女儿，潘、杨两家原是世交，杨肇在潘岳十二岁时第一次见到他，就喜欢上了这个聪颖过人的美少年，于是便把自己的大女儿许配给了他。结婚之后，夫妻两人共同度过了二十多年相濡以沫的日子，夫妇感情很好，杨氏去世后，潘岳就创作了《悼亡诗》三首，从此开创了悼亡这样一种新的诗歌题材。

悼亡诗（三首之一）

荏苒冬春谢，寒暑忽流易。之子归穷泉，重壤永幽隔。私怀谁克从？淹留亦何益。黾勉恭朝命，回心反初役。望庐思其人，入室想所历。帏屏无仿佛，翰墨有余迹。流芳未及歇，遗挂犹在壁。怅怳如或存，回遑忡惊惕。如彼翰林鸟，双栖一朝只。如彼游川鱼，比目中路析。春风缘隙来，晨溜承檐滴。寝息何时忘，沉忧日盈积。庶几有时衰，庄缶犹可击。

潘岳的这首悼亡诗兼有《诗经》中《葛生》和《绿衣》两诗的情感，既表达了夫妻生死阻隔的哀痛，也渲染了睹物思人的悲凉，其对于中年丧妻的人生况味的体验更是细致入微。“如彼翰林鸟，双栖一朝只”“如彼游川鱼，比目中路析”，透露出的是人生的无限悲凉和惆怅。生活在老庄思想大行其道的时代，在“沉忧日盈积”的情形之下，他也曾想像当年的庄子一样击缶而歌，可是，回首中室，“流芳未及歇，遗挂犹在壁”，让人怎么能够忘记昔日夫妻生活的点点滴滴，又怎么能走出这张感情之网呢？

潘岳悼亡诗出现之后，用词悼亡可谓是苏东坡的首创，至少第一首经典的悼亡词非他的《江城子·乙卯正月二十日夜记梦》莫属。悼亡在宋词中也许不是主要的题材，但其哀婉深挚的情感倾诉却打动了后来无数读者，从而也塑造了一批性情高洁、温柔可亲的女性形象。在宋人的悼亡词中，苏轼的《江城子》、贺铸的《鹧鸪天》、李元膺的《茶瓶儿》、吴文英的《莺啼序》和《风入松》最具代表性。

江城子·乙卯正月二十日夜记梦

十年生死两茫茫，不思量，自难忘。千里孤坟，无处话凄凉。纵使相逢应不识，尘满面，鬓如霜。　　夜来幽梦忽还乡，小轩窗，正梳妆。相顾无言，惟有泪千行。料得年年肠断处，明月夜，短松冈。

这是苏轼为悼念原配妻子王弗而写的一首悼亡词。写这首词的时候，苏轼正在远离故乡的密州（今山东诸城）做知州。宦海的奔波沉浮加上十年相思的痛苦，把本来应处于事业奋发年龄的苏轼折磨得容颜憔悴。在仕途和人生都十分落寞的时候，他想起了已经死去了十年的妻子，而长眠于千里之外的王弗，也翩然入梦，这让苏轼悲喜不胜。喜的是妻子竟不顾关山千里，梦中前来相见；悲的是自己已经灰尘满面、两鬓染霜，已不复旧时模样。苏轼在这里抒发的是对亡妻难以割舍的情愫，而这种真挚的情感是“不思量，自难忘”的。

◎ 任伯年《东坡玩砚图》

苏轼是十九岁与王弗结婚的，王弗是一位聪明又沉静的女子，也有文化，苏轼读书，她就陪着“终日不去”，甚至苏轼偶有遗忘，她都能从旁提醒。在家侍奉父母，出嫁后侍奉公婆，都很恭谨。在苏轼最初仕宦的日子里，她对年轻气盛的苏轼多有规劝并且照顾备至。尤其是一段关于“唤鱼池”命名的佳话，更是将王弗的聪颖以及与苏轼的心有灵犀留与世人传诵。

北宋年间，中岩山上有一座中岩书院，青神的宿儒乡贡进士王方在书院主讲，当时的苏轼风华正茂，游学来到中岩书院，诸生中，苏轼的才学深受王方的称赞。师徒常常来书院不远的潭边观赏游鱼，且拍手唤鱼，鱼儿以为常，一听掌声便浮水游跃，苏轼想：这美好的地方，应该有个美好的池名，他向老师王方述说了意愿。王方邀请了县内外学识渊博的人士召开了池名投笺盛会，众人题名都不中选，独有苏轼的投笺“唤鱼池”堪称风雅。王方正精心琢磨之际，其爱女王弗也在家中投笺题名“唤鱼池”，写在红纸贴上叫小丫环送到会场，王方看后情不自禁地说：这简直是与苏轼不谋而合，韵成双璧。王方嘱苏轼亲笔摩岩书“唤鱼池”三大字以为纪念，并将爱女王弗许配给苏轼。嗣后苏轼出蜀入仕，夫妻琴瑟和鸣，甘苦与共。十年后王弗亡故，归葬于家乡的祖茔。

这首词是苏轼在密州一次梦见王弗后写的，时间距王弗之卒又是十年了。生者与死者虽然阴阳永隔，感情的纽带却依然挽系，“十年生死两茫茫”这是一句看似平淡却悲痛无涯的话，它说明，作为生者，苏轼何尝一日忘记九泉之下的爱妻？尽管他说“不思量”，那只是因为这种思量已经深入骨髓。绿竹掩映，故乡的小院还是那样宁静，小轩窗下的王弗依旧做着每日的功课，可是沉浮宦海的夫君却早已面目全非，夫妻相见，她还认得这位当年的翩翩才子吗？这是人生一梦，可是，词人多么希望还能对自己常有劝诫的妻子诉一番衷肠啊。这首词情意缠绵，字字含泪。既写了王弗，又写了词人自己。词中采用白描手法，出语如话家常，却字字感人肺腑。整首词语言平淡真淳，情调凄凉哀婉，不愧为脍炙人口的名作。

如果说苏轼在用记梦的方式悼念亦妻亦友的王弗，贺铸的《鹧鸪天》则是通过对平平淡淡的生活细节的追忆来写一个体贴细微的妻子。

鹧鸪天

重过阊门万事非，同来何事不同归！梧桐半死清霜后，头白鸳鸯失伴飞。　　原上草，露初晞。旧栖新垄两依依。空床卧听南窗雨，谁复挑灯夜补衣。

贺铸是宋代词人中非常特殊的一位，他长得很丑陋，史书上说他“长身耸目，面色铁青，人称贺鬼头”。可是他却偏偏多情，而且把小词写得缠绵精工。他最著名的词作便是《青玉案》，词中“试问闲愁都几许？一川烟草，满城风絮，梅子黄时雨”等名句，使他赢得了“贺梅子”的雅号。著名的诗人黄庭坚也写诗称赞他：“解道江南断肠句，至今唯有贺方回。”

◎ 贺铸像

贺铸对苏州情有独钟，一生之中曾两次退

居苏州，也就是他词里所说的“阊门”。贺铸的原配是赵宋宗室的女儿，所以一直有人认为这首词不是为他的亡妻所作，理由是皇帝宗室的女儿是不会“挑灯夜补衣”的。这种认定似乎太过武断，贺铸一生落魄，仅仅做过几任不高的官职，恐难过得上婢妾环绕的日子，赵氏挑灯夜补又有什么稀奇呢？

这首词最让人挥之不去的是那份扑面而来的伤感，贺铸五十七岁和五十八岁时两次客居苏州，胡云翼先生的《宋词选》中说：贺铸夫妇曾经同住苏州，后来，妻子死了，就葬在了那里。当词人再一次来到旧居时，望着“旧栖新垄”，不禁潸然泪下。九泉之下的亲人啊，你和我同来，却为什么不能和我同归？这是宋词中常用的手法，即所谓有情无理的发问。想到自己头白失伴，犹如鸳鸯孤飞，词人掩饰不住悲痛，望着草上的露珠和妻子的新坟，更不禁为人生的短暂而感慨，所有的日子都成为无奈的回忆。最令人难以面对的是，在今后每一个孤独的晚上，还有谁为我在灯下补衣，永夜相伴？

词中“梧桐半死”的意象来自枚乘的《七发》：“龙门之桐，高百尺而无枝，其根半死半生。”其实，“梧桐”是诗词中常用的意象，它的高岸挺拔就是志趣高洁的象征。虞世南《蝉》诗中写道：“垂緌饮清露，流响出疏桐。居高声自远，非是藉秋风。”苏轼《卜算子》也有以梧桐为意象的句子：“缺月挂疏桐，漏断人初静。时见幽人独往来，缥缈孤鸿影。”苏轼的“疏桐”就是孤高独立、卓尔不群品性的象征。在贺铸词中，“梧桐”不仅是孤高的象征，而且由于是“半死”的梧桐，因而又更增加了人生凄凉的况味。所以，用“梧桐半死”表示鳏居，应该是贺铸极为形象的创造。诗人们还常常把黄昏、秋雨和梧桐组合，来营造一种秋意肃杀和人生不幸的意境，用以表达哀情，这在古典诗词中更为常见。白居易的《长恨歌》中便有“春风桃李花开日，秋雨梧桐叶落时”之句，凄恻动人的意象婉转地描述了杨玉环死后唐太宗在蜀中的寂寞悲伤。晏殊的《踏莎行》“高楼目尽欲黄昏，梧桐叶上萧萧雨”，景中有情，情景浑涵，合成一片，不露痕迹。把梧桐秋雨的哀怨表达得更充分的还是李清照，“梧桐更兼细雨，到黄昏，点点滴滴，这次第，怎一个‘愁’字了得”。《声声慢》中对秋雨梧桐意象的使用，细腻而且传神。

李元膺的《茶瓶儿》是另一种风格的悼亡，这不像是极度的伤情，更像是一种温婉的惆怅，怀思中好像多了几分理性。然而，“回首青门路，乱红飞絮，相逐东风去”又有些像词谶，让人读后有一种不祥的预兆，李元膺也在写作此词之后不久，便也真的“相逐东风去”了。

茶瓶儿

去年相逢深院宇，海棠下、曾歌《金缕》。歌罢花如雨。翠罗衫上，点点红无数。　　今岁重寻携手处，空物是、人非春暮。回首青门路。乱红飞絮，相逐东风去。

李元膺的悼亡词就像唐代的崔护讲述的都城南庄的爱情故事，多了些艳遇，却减少了生活中丧伴失偶的沉痛，让人们在感叹才子风流的同时，很难像读《江城子》和《鹧鸪天》时流下一掬伤心的泪水。这让我们觉得，夫妻之间的相濡以沫远胜于佳人才子的风流倜傥。因为佳人虽是知音，妻子才是伴侣。与这首词相似的还有吴文英的《风入松》：

听风听雨过清明，愁草瘗花铭。楼前绿暗分携路，一丝柳、一寸柔情。料峭春寒中酒，交加晓梦啼莺。　西园日日扫林亭，依旧赏新晴。黄蜂频扑秋千索，有当时、纤手香凝。惆怅双鸳不到，幽阶一夜苔生。

吴文英是词史上引起过不少争论的人物，他的词一向被人们认为失于堆砌、晦涩难懂。南宋词人张炎便曾说吴文英的词“如七宝楼台，眩人眼目。碎拆下来，不成片断”。但是，我们看这首小词既没有堆砌，也没有晦涩难懂。对情事的留恋，对爱人的执着，一样会唤起我们心底里的那份感动。吴文英善于把实景和幻象相融合，从而制造出一种亦真亦幻、乍离乍合的意境。在这首小词之中，我们首先看到的是一位伤春病酒的词人，又被柳丝的牵引和黄莺的啼叫诱入今昔交错的西园。这里的景色和亭台楼阁一如往年，然而秋千架上一群群盘旋不肯离去的蜜蜂，似乎在证明佳人已去，芳香留存。双栖的鸳鸯不来了，那幽暗的石阶一夜之间长出了青苔。是眼前的景色？还是词人的幻觉？我们已无从分辨。

悼亡词是我国古典诗词中独特的一类，它以其独特的审美特点给予读者一种独特的审美感受，而这种独特的美就是伤感之美。伤感之美是悼亡词与生俱来的一种审美特征，它源于夫妻生活中的相濡以沫，彼此扶将。恩爱夫妻，本该白头偕老，可亡妻的现实又是诗人不能不接受的，于是感怀今昔，巨大的悲痛就会从作者的心底涌出，使得作品无可避免地染上一层浓郁的悲情色彩。词人将郁结于胸、无法排遣的悲伤，再和生活中的失意、落拓纠结在一起，则更会投射出一种动人心魄的力量。一位著名的作家说过："我写作，不是我有才华，而是我有感情。"更何况，这些悼亡的词人是既有才华又有感情呢！

悼亡词往往写生活中的细节。细节是夫妻生活中特有的内容，无论是苏轼《江城子》中的"小轩窗，正梳妆"，贺铸《鹧鸪天》中的"挑灯夜补衣"，还是李元膺《茶瓶儿》中的海棠花下歌《金缕》，抑或是吴文英《风入松》中佳人秋千架上的嬉笑，都会是词人最难忘记的生活场景，因为它们是特定夫妻共有的特定生活内容，它们是最能打动丈夫的生活经典，也是镌刻在丈夫脑海中妻子或者佳人最美的人生画面。

悼亡词还常常以梦托情，以虚驭实，借虚幻的梦境返照现实的残酷和无奈。苏轼的《江城子》就是一首记梦之作。作者写自己梦里还乡，梦中夫妻相会，梦后惆怅万分，几经转折，表达出对亡妻不绝如缕的思念。清代悼亡词的高手纳兰性德更是经常写梦。这些形形色色的梦境，作者写来都是椎心泣血，读者读之则令人气阻声噎，感伤之情萦绕心头，久久不能自已。

悼亡词还有一个特点，就是常用白描，不用典故。以上所举悼亡词无不如此。无论学识渊博的苏轼，还是好用典故的贺铸、吴文英，都不曾在其悼亡词中使用典故。之所以如此，大概是情到深处，用不着浓丽的形容词和繁复的修辞语，也不用精雕细刻、大加渲染，而是抓住描写对象的特征，用准确有力的笔触，简练的语言，写出活生生的形象来，这样就足够了。

总之，古代悼亡词传达的是一种“物是人非事事休，欲语泪先流”的悲情；是“年来苦乐，与谁相倚”的失落；是“我自中宵成转侧，忍听湘弦重理”的彻夜难眠；是“清泪尽，纸灰起”的无奈相思；是一个“愁”字难了的无尽的悲痛和哀婉。悼亡词的意象选择带有一种普遍的特征：即多用日常生活中的现实性意象，多是梳妆、补衣的生活小事，平淡无奇的家庭物什，多是诗人妻子生前活动的闺阁庭院中的种种物象，诸如冷火残灯、沉香旧箧、孤帐空床、未完针线等。如此一物一景、一事一情的平凡意象组成了一首首凄美绝伦、催人泪下的悼亡词。

叁

凉风起天末　君子意如何

——哀怨宋词（下）

（一）郴江幸自绕郴山　为谁流下潇湘去——谪臣的伤感情绪

在宋词的大观园里，我们还常常会读到这样一类词，它的情调有时悲愤凄凉、哀怨伤感，有时则旷达超然、逸怀浩气。这类词凄凉中常寄寓着超妙，旷达中又流露出哀婉，兼有豪放与婉约之美，它表现的是谪官复杂而又强烈的思想感情。谪官的这种思想和情感随着词人升沉遭际的变化经常呈现出多元混合的状态：初期大多是愤懑、委屈、敏感、羞辱，但后来往往又生成达观、知理、孤高、伤感等种种情绪特征，这就是宋代的谪官之词，词苑里具有独特审美意义的一朵奇葩。

贬谪制度是中国封建社会很重要的政治制度，作为封建君主控制朝臣的有效手段，在唐宋以后贬谪制度仍被广泛使用。它虽然看上去只是统治者平衡朝政或者排除异己的一种手段，但对每一位受到贬谪的官员来说，都是一种人身和政治的双重伤害。它会给人的生命蒙上一层阴影，也会给人的前途带来一种莫测。这就增加了词人感情表达的张力，所以在这类词作中，无论是表达哀怨伤感，还是表现旷达超然，词人的感情都是十分浓烈的。

乌台诗案让个性张扬的苏轼第一次吃到了谪宦的苦头。元丰三年（1080）二月一日，他来到了贬所黄州。面对瘴气弥漫的江城，他并没有十分沮丧，在他来到黄州的第一首诗中，他盛赞长江的鱼美，满山的笋香，甚至于还表现出自己一贯的幽默。他这样调侃朝廷对他的安排："逐客何妨员外置，诗人例作水曹郎"，并对自己徒领朝廷俸禄感到不好意思，"只惭无补官家事，尚费官家压酒囊"。但敏感的词人却并非如此洒脱，他此时真正的感受就表现在他的这首词中：

卜算子・寓居定惠院作

缺月挂疏桐，漏断人初静。谁见幽人独往来，缥缈孤鸿影。　　惊起却回头，有恨无人省。拣尽寒枝不肯栖，寂寞沙洲冷。

苏轼来黄州的第一个居所就是黄州东南的定惠院，因为他是一个待罪之人，所以众人都回避他，他也回避众人。寂寞的寺院正好让这个曾经不甘寂寞的人过着寂寞的生活。这首词描写的那只"拣尽寒枝不肯栖"的惊鸿，就是词人的象征，只有它和在这个寂寞院落里的"幽人"相往来。此时的苏轼也真的像这个惊魂未定的孤鸿一样，一时难以从不久前的政治打击中回过神来。好友陈季常劝他在距黄州不太远的武昌寒溪买田筑屋，心有余悸的苏轼告诉他说："恐好事君子，便加粉饰，云擅去安置所而居于别路。传闻京师，非细事也。"（《与陈季常书》）此时的苏轼经常会萌生归隐的思想，后来苏轼由定惠院搬到了临皋亭居住，在一次夜饮晚归的时候，他留下了这样一首词：

临江仙

夜饮东坡醒复醉，归来仿佛三更。家童鼻息已雷鸣。敲门都不应，倚杖听江声。　长恨此身非我有，何时忘却营营？夜阑风静縠纹平。小舟从此逝，江海寄余生。

◎ 杜堇《东坡题竹图轴》

苏轼是一个不愿受约束的人，对于自己不得不小心做人、待机再起的这种努力，他称之为“营营”。他更羡慕那种小楫轻舟、“江海寄余生”的闲适生活，真恨不得此时就挂冠而去。词里面虽然没有诉说对于朝廷的怨艾，但那种不满还是从词人的思想和情感里清清楚楚地读到。据说，第二天坊间盛传苏轼作此词之后便驾小船而去，黄州知州徐君猷闻讯大惊，可等他赶到苏轼所住的临皋亭时，只见苏轼还豪睡未醒。

苏轼不是蝇营狗苟的势利之人，在出世与入世的矛盾中，总是能够找到一种平衡。这源于他对社会以及人生的透彻认识和体悟。所以，当人生的道理再次被他参透，他便能够直面世间的任何风雨。元丰五年（1082）的春天，一行人同去黄州东南的沙湖，结果一场大雨不期而至，由于此前天气晴好，没带雨具，同行的人被淋得狼狈不堪，而唯独苏轼浑然不觉：

定风波

莫听穿林打叶声，何妨吟啸且徐行。竹杖芒鞋轻胜马，谁怕？一蓑烟雨任平生。　料峭春风吹酒醒，微冷，山头斜照却相迎。回首向来萧洒处，归去，也无风雨也无晴。

写这首词的时候，已经是苏轼贬谪黄州的第三个年头。此词通过野外途中偶遇风雨这一生活中的小事，表达出深奥的人生哲理，全词传达出一种搏击风雨、笑傲人生的轻松、喜悦和豪迈之情，表现出词人旷达超脱的胸襟，寄寓着超凡脱俗的人生理想。由此看出，苏轼把人生失意的悲伤最后化作了超然和达观。苏轼的这种醒醉全无、无喜无悲、胜败两忘的人生哲学和处世态度，还有虽经历磨难却始终乐观向上的精神以及任性逍遥、随缘自适的鲜明个性就是他在黄州所奠定的东坡范式。

黄州五年，给了苏轼太多的人生体悟，他十分珍惜与黄州人结下的深情厚谊。元丰七年（1084）四月一日，他被量移汝州，面对昔日的高邻，他依依不舍，回忆起自己五年的谪宦生活，真是让他百感交集。于是，他写下了一首《满庭芳》：

归去来兮，吾归何处？万里家在岷峨。百年强半，来日苦无多。坐见黄州再闰，儿童尽、楚语吴歌。山中友，鸡豚社酒，相劝老东坡。　　云何，当此去，人生底事，来往如梭。待闲看，秋风洛水清波。好在堂前细柳，应念我、莫剪柔柯。仍传语，江南父老，时与晒渔蓑。

在这首词平白的叙述中可以看出作者的含蓄深曲的心绪，并能于温厚中透出激愤不平。词中表达出苏轼与黄州父老之间珍贵的情谊，抒发了作者在坎坷、不幸的人生历程中，既满怀悲苦又寻求解脱的矛盾心理。这里有故园难归的惆怅，有人生苦短的哀伤，有光阴虚掷的感叹，更还有去留不定的彷徨。黄州五年，苏轼的生活有了根本的改变，他学会了东坡耕垦，也学会了与渔樵杂处，他收获了沉甸甸的文学，也收获了人生中更为可贵的友情，还有什么比这些更重要呢？所以，这次当朝廷蒙恩量移汝州的诏命下达之后，苏轼犹豫徘徊，并没有立即赶往任所。后来他上书神宗，意欲定居阳羡，神宗很快批准了他的请求，此时，苏轼的舟车才来到商丘。于是，他又作了一首《满庭芳》：

归去来兮，清溪无底，上有千仞嵯峨。画楼东畔，天远夕阳多。老去君恩未报，空回首、弹铗悲歌。船头转，长风万里，归马驻平坡。　　无何。何处有，银潢尽处，天女停梭。问何事人间，久戏风波。顾谓同来稚子，应烂汝、腰下长柯。青衫破，群仙笑我，千缕挂烟蓑。

这首词表达出苏轼在真的就要归隐田园之际思想深处的矛盾，这就是“老去君恩未报”的惆怅。苏轼毕竟是受儒家思想深刻影响的知识分子，忠君报国的思想贯穿其一生，神宗皇帝虽然谪苏轼于偏远，但他对苏轼还是重视的，这次量移汝州的诏命其实就传达出神宗的关怀。神宗在手诏中这样说：“苏轼黜居思咎，阅岁滋深。人才实难，

◎ 苏东坡《朝云墓志铭》（清嘉庆年间伊秉绶书）

不忍终弃。”可是，未报君恩却掉头田园，这让苏轼还真有些歉然惑然。然而，五年的谪宦生活也许给苏轼留下了一道难愈的伤痕，他还是带着这份歉然离南都而去。“船头转，长风万里，归马驻平坡”，这次苏轼的归去，颇有些毅然决然。回去之后，他又在这一带买地，并在一首诗里这样写道：“十年归梦寄西风，此去真为田舍翁。”（《归宜兴，留题竹西寺》）我们试想，如果没有神宗皇帝的晏驾和朝局的更替，苏轼是不是真的要做一名隐士呢？

同为贬谪，秦观和苏轼不同。他是一个感情脆弱的文人，面对政治理想的破灭，他不想接受，也不愿接受，可是他又必须接受。元祐二年（1087），他被苏轼以“贤良方正”推荐到朝廷，但遭苏轼政敌攻击，不得不引疾回到蔡州。三年后，他又被召到朝里，由太学博士迁为馆职，在京城游于苏门，并和晁补之、张耒等人酬唱，成为“苏门四学士”之一。他的文章才气都颇受苏轼赏识，又与各类名流西园宴饮，诗词赠答，在他眼前，仕途似乎展现出一片光明。然而，由于哲宗绍述新政，元祐党人遭到空前的打击。他的老师苏轼先是被贬惠州，继而再贬儋州。他也因此受到牵连，先出为杭州通判，再贬监处州酒税，又被削秩贬到郴州，最后，竟至于编管横州，次年又徙雷州，在“南土四时尽热，愁人日夜俱长”的煎熬中，度过了他难耐的谪宦岁月。秦观在这一时期所作的词，十分清晰地展现了他的心路历程：始离京师时的惜别眷恋——再遭贬谪时的无望伤感——最后是近乎绝望的凄厉鸣叫。

在最初离开京师的日子，他写下了一首《风流子》：

东风吹碧草。年华换、行客老沧州。见梅吐旧英，柳摇新绿，恼人春色，还上枝头。寸心乱，北随云黯黯，东逐水悠悠。斜日半山，暝烟两岸。数声横笛，一叶扁舟。

青门同携手。前欢记、浑似梦里扬州。谁念断肠南陌，回首西楼。算天长地久，有时有尽，奈何绵绵，此恨难休。拟待倩人说与，生怕人愁。

这首词表达的是对京城春天的留恋以及对歌场知音的不舍。春天的美丽虽然依旧不输于往昔，但年华暗换，人的心情却早已不同。看着山衔落日，暮霭渐起，听着那凄凉的笛声，自己只能是独自登上那条漂泊的小船。此时北望京师，乌云笼罩，水天迢迢，真是一片凄然。想起往日的欢会，更让人思绪悠悠，绵绵无尽。当词人再贬处州的时候，他的心情变了，他感受到了北归的遥遥无期。于是，幻想在一点点消失，愁情在一点点加重：

千秋岁

水边沙外，城郭春寒退。花影乱，莺声碎。飘零疏酒盏，离别宽衣带。人不见，碧云暮合空相对。　　忆昔西池会，鹓鹭同飞盖。携手处，今谁在？日边清梦断，镜里朱颜改。春去也！飞红万点愁如海。

这首词感情更加深沉，词人感到不仅昔日的西城宴集已成幻影，而且重回日边的清梦也缥缈难寻，最后不得不失望地悲吟“春去也！飞红万点愁如海”。然而，秦观还不知道，这还不是他最终的结局。他因为写了“曾缘移病依香火，写得弥陀十万言”（《题法海平阇黎》）这样一句半真半假的诗句，被人揭发“谒告写佛书”（即告假在家抄写经书），因而被进一步加重处罚，削秩贬往郴州。秦观谪郴州经过衡州时，受到衡州知州孔平仲的热情招待，席上，他把《千秋岁》这首词抄给孔平仲，据宋人曾敏行《独醒杂志》记载，当时孔平仲读罢此词，不禁惊诧道：“少游盛年，何为言语悲怆如此？”并称：“秦少游气貌，人不类平时，殆不久于世矣。”曾布也说：“秦七必不久于世，岂有‘愁如海’而可存乎？”这些故事皆足以说明，秦观此词流露出令人惊诧的悲愤之意。来到郴州旅社，他又写下了贬谪诗词中的名篇——《踏莎行》：

雾失楼台，月迷津渡，桃源望断无寻处。可堪孤馆闭春寒，杜鹃声里斜阳暮。　驿寄梅花，鱼传尺素，砌成此恨无重数。郴江幸自绕郴山，为谁流下潇湘去？

郴州虽然不是秦观的最后一站，但此时的秦观对于前途已经绝望。尽管在痛苦的贬谪、流放生涯中，秦观不断用“桃源理想”来勉励自己，寻求精神解脱的道路。然而，“楼台”在大雾迷蒙中隐去，“渡口”在昏黄的月色中迷失，他心中的“桃源理想”已经不复存在。孤馆中的料峭春寒，暮照中的杜鹃啼叫，都让他一夕三惊。朋友的问候，亲人的慰藉，都不能减却他丝毫的痛苦，反而像一座大山一样压得他透不过气来，此时的秦观已经走向绝望和自闭。

元符三年（1101），徽宗即位后大赦天下，此时秦观居雷州也已经三年。这年五月，他和遇赦北归的苏轼见了最后一面，随后自己也被放还。八月十二日，秦观来到藤州，醉卧光华亭下，口渴欲饮，可当人把水送来的时候，他竟笑视而卒。这忽然让人想起秦观几年前寓居处州择山下隐士毛氏故居文英阁所作的一首词：

好事近

春路雨添花，花动一山春色。行到小溪深处，有黄鹂千百。　飞云当面化龙蛇，夭矫转空碧。醉卧古藤阴下，了不知南北。

这首词题为“梦中作”，很显然是一首记梦的词。词中生动形象地描写了一次梦中之游的经过。他梦魂缥缈，步入春山小路漫游，春路经雨，春雨催花，花添春色，再加上有黄鹂的鸣叫，真是一幅人间仙境。可是词人的到来，打破了这里的静谧，于是，龙蛇欢舞，天地共色，自己便醉倒在古藤荫下，不省人事了。词中的景象和秦观临终时的情形何其相像，这首词其实就是词谶。

秦观也许到了人生的尽头才忽然彻悟，明白了笑傲人生的道理，否则就不会带着微笑离去。可是，一生的坎坷遭遇的确对这位志向远大的才子不太公平。他一心想忠于朝廷、报效国家，可最终却成为朝廷的逐客。“郴江幸自绕郴山，为谁流下潇湘去？”正是这样怨悱的词句，才道出了秦观满腹的愤懑与委屈。也只有他的老师能够了解他内心的幽隐，所以，苏轼把这两句词抄在自己经常把玩的折扇上，十分伤心地感慨道：“少游已矣，虽百人何赎？”（胡仔《苕溪渔隐丛话》）著名词

◎ 北宋《大驾卤簿图》局部

评家冯煦也看到了秦观词的精神实质，他在《蒿庵论词》中说："他人之词，词才也；少游，词心也。"的确，秦观在用他的一颗心写词，而且是一颗真挚又流着血泪的心。

在秦观之前，还有一位谪往郴州的词人，他就是张舜民。张舜民（?~1100），字芸叟，自号浮休居士，又号矴斋，邠州（今陕西彬县）人，英宗治平二年（1065）进士。张舜民于神宗元丰六年（1083）被谪郴州，在途经的洞庭湖畔的岳阳城时，他登上"迁客骚人，多会于此"的西门城楼——岳阳楼，面对送行的亲友，他留下了一首著名的《卖花声》：

> 木叶下君山，空水漫漫。十分斟酒敛芳颜。不是渭城西去客，休唱阳关。　　醉袖抚危栏，天淡云闲。何人此路得生还。回首夕阳红尽处，应是长安。

此时天气初肃，空水漫漫，一片萧索。词人感慨万端，自己就要踏上前程幽眇的南湘之路，这是一条不归路，古往今来，不知多少朝廷逐客都成为南岭冤魂。所以，当席上歌女收敛笑容、十分庄重地端来满满的酒盏，要为他饯行，要为他歌唱《阳关三叠》的时候，词人回绝了。他不是西去阳关的客人，他将要面对的也不只是没有故人的落寞，而是生与死的考验。体会到词人的这种感受，才能理解词人的这个举动。词的结尾是一句寄慨深沉的话，表达了词人对京师的留恋，更有

“长安不见使人愁”的悲怆。

被贬谪的人往往没有住处，甚至连赁房居住都要被朝廷管制，很多时候都是住僧房。王禹偁初到商州，就寓居在妙高禅院中。这里的房子“坏舍床铺月，寒窗砚结澌”，条件极差。苏轼来到黄州，也是栖身于定惠院中。晁补之被贬监信州酒税，同样也住在僧寺之中，他写过一首《临江仙》，表达住在野寺中的心情：

谪官江城无屋买，残僧野寺相依。松间药臼竹间衣。水穷行到处，云起坐看时。　一个幽禽缘底事，苦来醉耳边啼？月斜西院愈声悲。青山无限好，犹道不如归。

贬谪的生活对人的身心是一种极大摧残，甚至于让肝胆怒张的热血志士都志意消磨。让我们看一下胡铨在绍兴二十一年（1151）写的《醉落魄》：

百年强半，高秋犹在天南畔。幽怀已被黄花乱。更恨银蟾，故向愁人满。　招呼诗酒颠狂伴，羽觞到手判无算。浩歌箕踞巾聊岸。酒欲醒时，兴在卢仝盌。

胡铨是“中兴四大名臣”之一，高宗绍兴年间，他在朝担任枢密院编修官，对于秦桧等人积极主张议和的行为，他十分不满，并向高宗皇帝上“封事”，请斩秦桧、王伦、孙近等人，并表示“义不与桧等共戴天日”，“区区之心，愿斩三人头，竿之藁街”，否则“臣有赴东海而死，宁能处小朝廷求活耶！”胡铨的激烈态度，朝野上下都十分震惊，结果他被秦桧等人以“狂悖”逐出朝廷，先是监广州盐仓，后来又被除名编管新州，绍兴十八年，又谪吉阳军，困居岭表十余年。绍兴二十一年，爱国志士张伯麟反对秦桧主和，于元夕张灯的时候，题“夫差，而忘勾践之杀而父乎”于灯上，遭秦桧下狱，被打得体无完肤，流放到吉阳军。这首词就是作者和答张伯麟的。虽然字里行间还能看到词人的狂傲不拘，但长期煎熬的痛苦和幽怨，也字字显现。

◎ 胡铨像

总之，贬谪之词往往表达的是词人伤感和幽怨的情绪以及词人对人生的理性思索，它有时因为词人的感性诉求多于理性而显得凄厉哀怨，有时也因为理性的诉求多于感性而显得超然旷达，但骨子里都含有一种难以尽表的愤懑和不满。这主要是因为，贬谪本身虽然是一种制度和手段，但对谪臣的伤害却

◎ 开封宋街

是直接而又现实的。词是一种善于表情的艺术形式，也是一种毫不矫揉造作的感情载体，它表情往往直露而且率真。唯其如此，当词人们把自己的一腔幽怨尽情倾诉的时候，才使得那种伤感挥之不去。因此说，贬谪之词往往具有强烈的主观情绪，并时常笼罩着一种悲情色彩，如苏轼的《满庭芳》、张舜民的《卖花声》。贬谪之词虽然表情直露、率真，但由于谪臣的特殊身份和处境，有时又不得不借助传统的兴寄手段来达成这种情感表现，如苏轼的《卜算子》、秦观的《踏莎行》。

从内容上来看，贬谪之词常常有如下几个方面：第一，表现故园之思，如“归去来兮，吾归何处？万里家在岷峨”（苏轼《满庭芳》），“回首夕阳红尽处，应是长安”（张舜民《卖花声》）；第二，回忆往日的欢乐情景，如“青门同携手。前欢记、浑似梦里扬州”（秦观《风流子》），“忆昔西池会，鹓鹭同飞盖。携手处，今谁在”（秦观《千秋岁》）；第三，常常写醉酒和梦境，如“夜饮东坡醒复醉，归来仿佛三更”（苏轼《临江仙》），“招呼诗酒颠狂伴，羽觞到手判无算”（胡铨《醉落魄》）；第四，表达对人生的思考，如“云何，当此去，人生底事，来往如梭”（苏轼《满庭芳》），“长恨此身非我有，何时忘却营营”（苏轼《定风波》）；第五，对襟怀的坦露，如“谁似东坡老，白首忘机？”（苏轼《八声甘州》），“应念岭表经年，孤光自照，肝胆皆冰雪”（张孝祥《念奴娇》）。

（二）新痕悬柳梢 依约破初暝——流落之苦与亡国伤痛

中国古代的文人，注定了要经历两种生活的模式，这就是仕途和旅途。如果不能进入仕途或者不愿进入仕途，那就只剩下了旅途——一生奔波或流落江湖。如果不是为了行万里路而增长学识，或者志在山水而乐逍遥，那剩下的就只是因为生活的无奈而流落了。这些流落江湖的文人就是人们惯常所说的落魄文人。其实，相对而言，落魄文人身上有着更为浓厚的江湖气息。因为坚持个性，所以落魄；因为选择江湖，故而放浪不羁。“忍把浮名，换了浅斟低唱”，这就是柳永的个性。在追逐名利和市井逍遥之间，他选择了后者。仁宗皇帝虽然愤怒，但一句“且去填词”却又成就了这个浪子的声名。于是，打着“奉旨填词”的旗幡，穿行于都市之间的柳陌花衢，柳永的

◎ 宋仁宗像

个性可谓得到了尽情地张扬，词史上第一个专业填词的作家也就于此诞生。当他出入秦楼楚馆，笙歌盈耳、偎红倚翠的时候，当他浪迹江湖，暮宴朝欢、恣情无限的时候，一定有很多的人认为，这才是真正的风流俊赏。

其实，人们在看到柳永浪子风流的同时，却往往忽略了这位浪子内心的真正痛苦和无奈。出生官宦家庭的柳永，并不是天生的浪子，读书、仕进、建功立业，这些都是他最初最为渴望的出路，这样的想法跟每一个正常的文人一样。但年少的轻狂让他付出了大半生的代价，这大半生的漂泊和流落并不是他心甘情愿的选择。通过柳永的词，我们便可以读出他漂泊的痛苦和无奈。

采莲令

月华收，云淡霜天曙。西征客、此时情苦。翠娥执手送临歧，轧轧开朱户。千娇面、盈盈伫立，无言有泪，断肠争忍回顾。　　一叶兰舟，便恁急桨凌波去。贪行色、岂知离绪。万般方寸，但饮恨，脉脉同谁语。更回首、重城不见，寒江天外，隐隐两三烟树。

归朝欢

别岸扁舟三两只，葭苇萧萧风淅淅。沙汀宿雁破烟飞，溪桥残月和霜白。渐渐分曙色，路遥川远多行役。往来人，只轮双桨，尽是利名客。　　一望乡关烟水隔，转觉归心生羽翼。愁云恨雨两牵萦，新春残腊相催逼。岁华都瞬息，浪萍风梗诚何益。归去来，玉楼深处，有个人相忆。

柳永这类词往往写秋天的景色，大概秋天的萧索最能映衬词人心里的悲凉。所以，无论是月华初收、淡云微霜的早晨，还是葭苇萧萧、西风淅淅的拂晓，词人都把它们放在这个最让人伤情的季节。而且，他这些描绘漂泊之苦的词作，常常都和离别相思结合在一起，而相思之苦往往是最让人难以忍受的。这样正应了他的那句词：“多情自古伤离别，更那堪、冷落清秋节。”

柳永的天涯流落最难面对的是“溪桥残月和霜白”，最难忘怀的就是“翠娥执手送临歧”，而最渴望的事情则是“转觉归心生羽翼”。所以，当伫倚危楼，或者对潇潇暮雨的时候，这种感受会愈加强烈。而当这种痛苦不能排遣的时候，那就只能“拟把疏狂图一醉，对酒当歌，强乐还无味”了。因此，流落江湖的文人，虽然脱离了囚禁心灵的桎梏，多了几分自由，但是，更多了些人生的离合悲欢。

如果说柳永是江湖流落大半生的话，姜夔则是一生流落的文人，姜夔生活的时代恰好是隆兴和议签订之后。此时，由于宋金之间几十年没有了战争，朝政便长期为主和派把持，朝野上下也陶醉在所谓的中兴美梦之中。其实，这是一个令人灰心失望的时代，文臣武将不思进取，朝里朝外贿赂公行，作为江湖游士，他的前途命运更是渺茫黯淡。由于他几乎一生寄人篱下，再加上贫病相交又到处漂泊，因此，姜夔的这类词显得凄凉冷清。他的这类词的内容主要有三个方面：一是对赤栏桥的牵系，二是文人失意的哀伤，三是黍离之悲。

赤栏桥是合肥城南的一座桥，这里曾经柳荫密布、鲜花盛开、人来客往，是一个繁华的街市。宋代陈克的《菩萨蛮》写道：“赤栏桥尽香街直，笼街细柳娇无力。金碧上青空，花晴帘影红。　　黄衫飞白马，日日青楼下。醉眼不逢人，午香吹暗尘。”姜夔年轻的时候就曾经住在这里，并在这里留下了他难忘的恋情。他在《送范仲讷往合肥诗三首》第二首中这样描写自己在合肥的家：“我家曾住赤栏桥，邻里相过不寂廖。”然而，到处漂泊的姜夔，虽然对赤栏桥的姑娘一生钟爱，可是他一生再来赤栏桥的机会却是屈指可数，更多的时候，则是把满腔的相思写进他的词曲：

踏莎行

燕燕轻盈，莺莺娇软。分明又向华胥见。夜长争得薄情知？春初早被相思染。　　别后书辞，别时针线。离魂暗逐郎行远。淮南皓月冷千山，冥冥归去无人管。

姜夔浪迹江湖、行踪不定，相思和牵挂总是和他如影随形。淳熙十四年的正月初一，在漂泊旅途中他做了一个梦，梦见了这个女子前来与他相会，她娇嗔满面，细诉离情，而词人自己又何尝一日不怀想呢？一个是情怀悠悠，春初早染相思；一个是重展昔日书信，摩挲旧时针线。真的是“一种相思，两处闲愁”。这首词的最后两句最为经典：“淮南皓月冷千山，冥冥归去无人管。”这位痴情的女郎在和自己见面之后，独自一人离去。月光如水，千山岑寂，情人的梦魂在山峦叠嶂中踽踽而行，无人陪伴。一个单薄如剪影、晶莹如冰雪的离魂倩女形象，着实惹人爱怜。相思之句写道此处，已经是鬼神震惊。

这年冬天。姜夔往返于湖州、苏州之间，经过吴松时，因为睹景思人，便以合肥女郎的口吻，询问何时才能够再次相会。而姜夔自己心中茫然，无法给予情人一个准确的答复，但为给情人一个希望，只是说：来年陌上草青的时候吧。这个心口不一的回答，难以掩饰词人悽惶的神情，也映照出江湖流落的无奈：

点绛唇

金谷人归，绿杨低扫吹笙道。数声啼鸟，也学相思调。　　月落潮生，掇送刘郎老。淮南好，甚时重到？陌上生春草。

光宗绍熙二年（1191）春天，姜夔多年之后重游合肥，寻找自己梦中的情人，可令他伤感的是早已不知人面何处。是战争让她们逃离？还是已经“绿叶成荫”？这让乘兴而来的姜夔惆怅莫名。他黯然沮丧，在旧时居处的西窗下伫立良久，看着那青青的杨柳依旧飞舞，而昔日的楼台已经高锁，他万千思绪凝于笔端，写下了《淡黄柳》：

空城晓角，吹入垂杨陌。马上单衣寒恻恻，看尽鹅黄嫩绿，都是江南旧相识。　　正岑寂，明朝又寒食。强携酒、小桥宅，怕梨花落尽成秋色。燕燕飞来，问春何在，唯有池塘自碧。

四年之后的一个冬天，姜夔寄居在张鉴的庄园里，看到梅花绽放，于是心有所思，他想起了合肥赤栏桥畔的情人，于是作了一首《江梅引》，尽管他不知道她的去向还有生死。他在这首词的小序中说："予留梁溪，将诣淮南不得，因梦思以述志。"

江梅引

人间离别易多时。见梅枝，忽相思。几度小窗，幽梦手同携。今夜梦中无觅处，漫徘徊。寒侵被、尚未知。

湿红恨墨浅封题。宝筝空、无雁飞。俊游巷陌，算空有、古木斜晖。旧约扁舟，心事已成非。歌罢淮南春草赋，又萋萋。漂零客、泪满衣。

姜夔几十年的漂泊，有近二十年都把他的梦拴在赤栏桥畔，都在牵挂他在合肥的情人，相关的词也有近二十首。这说明，尽管他一生奔波，飘零无所，但他须臾没有把心中的那份爱停下来，更无从抛弃。他的爱浪漫而又炽热，他的情坚韧而又绵长。

姜夔的漂泊之词有时常常是表达文人失意的哀伤。姜夔一生贫病，又生活在一个灰暗的时代，几次科考也不如意，尽管他的翰墨人品似晋宋间雅士，江湖流落的失意和痛苦还是会不断涌向他的心头：

玲珑四犯

叠鼓夜寒，垂灯春浅，匆匆时事如许。倦游欢意少，俯仰悲今古。江淹又吟恨赋。记当时、送君南浦。万里乾坤，百年身世，唯有此情苦。　扬州柳，垂官路。有轻盈换马，端正窥户。酒醒明月下，梦逐潮声去。文章信美知何用，漫赢得、天涯羁旅。教说与。春来要寻、花伴侣。

这首词开头就给我们展示了一幅一个人孤独流落江湖的画面。刚刚入春，寒意料峭，词人独自面对着孤灯，意兴阑珊。家事、国事都没有任何让人高兴的消息。亲人、朋友都不在眼前，往日里送别的场面不时呈现，让他这个飘零于天地之间的游子难掩悲痛，此时，词人对于漂泊的厌倦已经达到了极点：自己诗名早著，又兼身通歌赋，可是“文章信美知何用”，只能做一个“酒醒明月下，梦逐潮声去”的独醒而又伤时的高士吗？姜夔的词中的确偶尔会流露出这种家国之思，他在淳熙间所写的《扬州慢》，就被一种黍离之悲和忧时的伤感所笼罩，这也是姜夔漂泊之词的又一个方面的内容，已如前述。南宋末的王沂孙、张炎等人，在经历了国破家亡之后，把忧时伤今的歌声唱得更加凄婉。

眉妩·新月

渐新痕悬柳，澹彩穿花，依约破初暝。便有团圆意，深深拜，相逢谁在香径？画眉未稳，料素娥、犹带离恨。

最堪爱、一曲银钩小，宝帘挂秋冷。　　千古盈亏休问。叹漫磨玉斧，难补金镜。太液池犹在，凄凉处、何人重赋清景？故卜夜永，试待他、窥户端正。看云外山河，还老尽、桂花影。

这首词写于宋亡之后。王沂孙虽然在元朝做了官，但他的心情很复杂，他的词中，有很多是写故国之思的。这种情绪，并不是简单地表现为对宋王朝的怀念，而是同世事无常、兴亡盛衰不由人意的沧桑感融合在一起，同时又渗透了个人在历史巨变中无可奈何、只能听任摆布的凄凉感。词开头先写这一弯在暝色中并不光亮的月牙，它挂在秋天的夜空，悬于柳梢，隐隐约约，有一种强烈的象征意味。而这种强烈的象征就是宋朝江山的大亏难圆，它寄托的是作者无力补天的悲哀，是对云外河山桂花空老的悲凉。

蒋捷原本是宋末一位风格清新的词人，他还曾因为《一剪梅·舟过吴江》中有“流光容易把人抛，红了樱桃，绿了芭蕉”的名句，被后人称为“樱桃进士”。但国家的沦亡在词人身上留下的烙印也是鲜明的。让我们看一看他的《虞美人》：

少年听雨歌楼上，红烛昏罗帐。壮年听雨客舟中，江阔云低、断雁叫西风。　　而今听雨僧庐下，鬓已星星也。悲欢离合总无情，一任阶前、点滴到天明。

“雨”是古典文学中最为复杂的意象之一。它在唐宋诗词中的主要意蕴就是凄凉、凄冷、凄清，尤其是当它与词人所感到的世事的悲哀、忧伤、怅惘等特殊心境相契相合的时候。雨的另外一个象征意义就是客愁，由于漂泊异乡，关山阻隔，遂对人生产生一种孤独感、悲怆感。前者如“梧桐更兼细雨，到黄昏、点点滴滴”（李清照《声声慢》），后者如“君问归期未有期，巴山夜雨涨秋池”（李商隐《夜雨寄北》）。这首词中的“雨”兼有这两种意涵。蒋捷出身于宜兴巨族，少年时自然免不了追欢逐笑，诗酒浮华。然而，壮年之后，他却经历了太多的江湖漂泊，人生悲欢。如今人老了，又不得不面对家破国亡的人生至痛。当词人栖身于冷清的僧庐之下，听着阶前淅淅沥沥的冷雨，觑着双鬓星星点点的白发，此情曷极！

肆

了却君王天下事　赢得生前身后名

——豪情宋词

词原来只是歌宴樽前的一种消遣，当十七八岁的女孩儿，手执红牙板唱出“杨柳岸，晓风残月”这样凄清婉媚的词句时，很少有人把它与豪放和豪情联系起来。南唐君臣之后，伶工之词逐渐变为士大夫之词，它摆脱婉媚、走向豪情纵放才成为可能。当来到边关，目尽孤城落日、北雁南飞的雄浑苍凉之时，范仲淹于是唱出了“塞下秋来风景异”这样悲壮的歌声。从此，词开始有了别调，开始走向更为广阔的空间和士人的心灵。打破了诗与词的界限，使杀敌报国的豪情、登高眺望时的情怀以及对人生的思考，走进了昔日婉媚的小词里，于是，天风海雨、夕阳落照以及碧空万里的意境纷至沓来，是苏轼又带给我们这样一种奇妙的审美享受。当辛弃疾用把自己报国的豪情与英雄的失路的悲慨向我们倾诉的时候，词坛上终于形成了一个新的流派——豪放派。豪放词风的开创者还应是苏轼，王灼说苏轼作词“指出上天一路，新天下耳目，弄笔者始知自振”(《碧鸡漫志》)。他是一个把豪放之情与人生思考联系在一起的词人。然而，把这种词风推向成功、推向顶峰的还是辛弃疾，是他把军旅生活的豪迈、把对时政的批评引进词里，从而使这种风格的词题材更为完整。

(一)悠然心会　妙处难与君说——人生的旷达与超越

苏轼第一首豪放词是熙宁八年（1075）冬天所作的《江城子·密州出猎》，这也是苏轼比较早的词作之一。这说明，苏轼从开始作词不久，就尝试一种新的风格。他自己也为这种豪迈的词风而自鸣得意。在给友人的信中，他曾写道：“近却颇作小词，虽无柳七郎风味，亦自是一家。呵呵，数日前，猎于郊外，所获颇多，作得一阕，令东州壮士抵掌顿足而歌之，吹笛击鼓以为节，颇壮观也。”

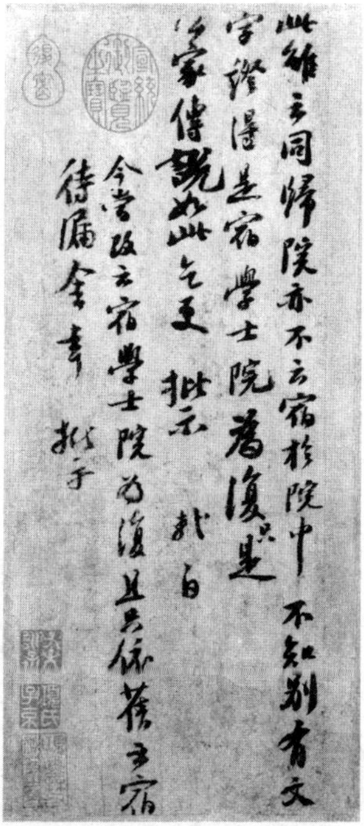

◎ 苏轼《归院帖》局部

江城子·密州出猎

老夫聊发少年狂。左牵黄，右擎苍，锦帽貂裘，千骑卷平冈。为报倾城随太守，亲射虎，看孙郎。　酒酣胸胆尚开张。鬓微霜，又何妨！持节云中，何日遣冯唐？会挽雕弓如满月，西北望，射天狼。

然而，反映苏轼“西北望，射天狼”的激情与豪迈的歌词，于此仅见。苏轼的豪情与旷达主要表现在他对人生的思考之中。前面对于苏轼谪居时的旷达与超然已有阐述，这里以苏轼的《水调歌头》为例再作补充，说明黄州之前的苏轼，已经开始显露自己旷达的襟怀。

《水调歌头》写于丙辰中秋，也就是来到密州的第二年。此前，苏轼通判杭州三年，“子瞻通守余杭，三年不得代，以辙在济南，求为东州守。既请得高密，五月，乃有移知密州之命”（苏辙《超然台赋序》）。按照苏辙的说法，苏轼离开富庶的江南，是为了和他的弟弟苏辙离得更近。然而，专门“求为东州守”的苏轼，还是和并不遥远的苏辙未曾见面，这让他心中怏怏不快。于是，他在大醉之后写下了这首《水调歌头》：

明月几时有，把酒问青天。不知天上宫阙，今夕是何年？我欲乘风归去，又恐琼楼玉宇，高处不胜寒。起舞弄清影，何似在人间！　　转朱阁，低绮户，照无眠。不应有恨，何事长向别时圆？人有悲欢离合，月有阴晴圆缺，此事古难全。但愿人长久，千里共婵娟！

词的开头是一个很自然的发问。中秋佳节，皓月临空，关于宇宙洪荒的这种思考和诘问，即兴而来。这里先提出了一个大的哲学问题，然后词人又带出了一个大的人生问题：出世与入世。词人是以一种很浪漫的联想与一种很世俗的考虑来回答这一问题的，这就是所谓的理性的自我超越。苏轼是一个充满人生智慧的人，他没有选择逃避人生，是因为人生无可逃避。于是，他的思想又回到更为现实的人生当中，即对兄弟的深切思念。他埋怨中秋皓月的不通人情，然而，最后还是以人生的达观表达对子由的美好祝愿。这又是一种理性的超越。这首词表达了苏轼胸襟的阔大，出入于自然之理和人生之情，他总是显得毫无挂碍，表现出创作主体的自由和自在。

苏轼的这种胸怀，在他通判杭州所作的《行香子·过七里滩》中就能依稀看出。此时苏轼开始作词才仅仅一年，已经显示苏轼“清且空”的风格特点，并展示出不俗的襟怀：

> 一叶舟轻，双桨鸿惊。水天清、影湛波平。鱼翻藻鉴，鹭点烟汀。过沙溪急，霜溪冷，月溪明。　　重重似画，曲曲如屏。算当年、虚老严陵。君臣一梦，今古虚名。但远山长，云山乱，晓山青。

在此一年后，苏轼所作的《虞美人·有美堂赠述古》更可作为《水调歌头》之前苏轼风格更为鲜明的体现：“湖山信是东南美，一望弥千里。使君能得几回来？便使樽前醉倒更徘徊。”这首词登高望远，视野渐阔，用词大气，挥洒自由从容，已可见苏轼式的豪放、旷达和洒脱。

能够堪比苏轼襟怀的当属黄庭坚，他在被贬戎州时所作的《念奴娇》就表达了他达观的情怀：

断虹霁雨，净秋空，山染修眉新绿。桂影扶疏，谁便道，今夕清辉不足？万里青天，姮娥何处，驾此一轮玉。寒光零乱，为谁偏照醽醁？ 年少从我追游，晚凉幽径，绕张园森木。共倒金荷家万里，难得尊前相属。老子平生，江南江北，最爱临风曲。孙郎微笑，坐来声喷霜竹。

写这首词的时候，黄庭坚被逐出朝廷已经五年了。因为修神宗《实录》失实，他先贬黔州，后又徙戎州。然而，政治上的失意，并不曾改变词人高洁的性情，面对着雨后晴空，皓月万里，樽前美酒和悠然笛声，词人感到了人生的满足和适意，并表达了乐观豪迈的情怀，甚至连作者自己都认为这首词“或可以继东坡赤壁之歌”、具有同样情怀的还有南渡初年的词人张孝祥。张孝祥（1132~1169），字安国，别号于湖居士，历阳乌江（今安徽省和县）人。张孝祥年少英伟，资质过人。《宋史》称他“读书一过目不忘”，绍兴二十四年（1154）廷试，被高宗亲擢为进士第一。授承事郎，签书镇东军节度判官。不久，他便上书为岳飞辩冤，为当时权相秦桧所忌，诬陷其父张祁有反谋，并将其父下狱。次年秦桧死，他被授秘书省正字。历任秘书郎、著作郎、集英殿修撰、中书舍人等职。孝宗隆兴年间，张浚出兵北伐，被任为建康留守。北伐失败，他被罢去建康留守职务，后来复官于静江府，又升任荆南路、荆湖北路安抚使等地方长官。这首词当写于任职荆湖路的时候，此时，作者渡岭北来不久，望着一碧万顷的洞庭湖，词人想起自己岭南的生活，为自己“孤光自照”的人格而自负，进而由“澄怀味象”悟出道胜人生的深刻含义：

念奴娇·过洞庭

洞庭青草，近中秋、更无一点风色。玉鉴琼田三万顷，著我扁舟一叶。素月分辉，明河共影，表里俱澄澈。悠然心会，妙处难与君说。　　应念岭海经年，孤光自照，肝胆皆冰雪。短发萧骚襟袖冷，稳泛沧浪空阔。尽吸西江，细斟北斗，万象为宾客。扣舷独笑，不知今夕何夕！

张孝祥是东坡式豪放词风的真正继承者，这首词可以和苏轼的《水调歌头》并称为中秋词的双璧。所不同的是，苏轼的词有强烈的主体意识，他通过和作为客体的月对话，从而揭示人生的妙理；而张孝祥则把自己融进了这片天光水色之中。水是透明的，月是透明的，自己也是透明的。至于人和自然相亲相近的妙理，已经是“妙处难与君说”，欲辨已经忘言了。

（二）当年万里觅封侯 匹马戍凉州——建功立业的激情与豪迈

中国古代的士人追求“太上有立德，其次有立功，其次有立言”《左传·襄公二十四年》所谓的“三不朽”，并把它们作为自己一生最高的奋斗目标。在这“三不朽”中，立功往往又成为个人奋斗的首选。因为世事事功是直接联系着国之安危、民之祸福的事情。所以，连孔子这样因立德立言而不朽的圣人也说：“我欲载之空言，不如见之于行事之深切著明也。”（司马迁《史记·太史公自序》）孟子作为儒家思想的代表人物，也强调说：“古之人，得志，泽加于民；不得志，修身见于世。穷则独善其身，达则兼善天下。”（《孟子·尽心上》）他在孔子的基础上为奋斗者勾勒了这样一个轮廓：“士穷不失义，达不离道。”这是中国古代“士”的精神，无论在何种情况下，都要有所作为，建立不朽的功业，留存于世。所以，曹植在《白马篇》中说：“羽檄从北来，厉马登高堤”“捐躯赴国难，誓死忽如归”；初唐著名诗人杨炯在《从军行》称：“宁为百夫长，胜作一书生！”杜甫甚至表达对于立言的不屑：“名岂文章著，官应老病休。”（《旅夜书怀》）因此说，立功才是很

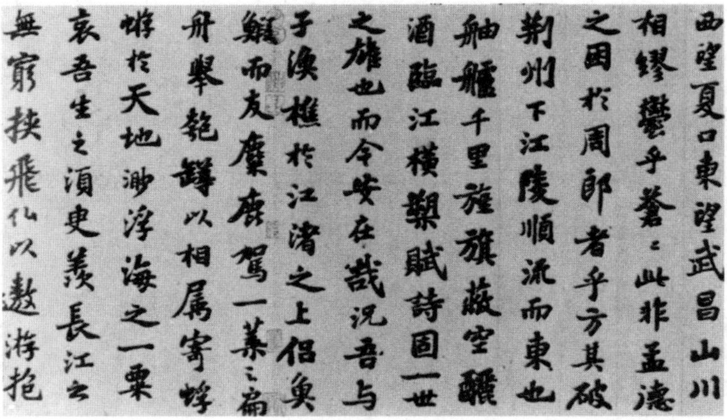

◎ 苏轼《赤壁赋》局部

多文人的追求。

南渡之前的宋代士大夫中，很多人都具有远大的抱负和理想，他们把报国安民的理想书之于文，发而为诗，但很少有人把建功立业的理想和抱负书之于词，苏轼应该算第一个。苏轼的这种豪气，在他去世的几十年后因为“靖康之变”而突然被发扬光大。靖康之变给满朝的文臣武将带来巨大伤痛。徽、钦二帝被掳的羞辱，让一些忠臣义士迸发出“臣子恨，何时灭”的怒吼，并激发出“壮志饥餐胡虏肉，笑谈渴饮匈奴血”的杀敌豪情。当金人的铁蹄数次南下，城市变为焦土，村落长满荆杞的时候，他们又为“兵气暗吴楚，江汉久凄凉”的景象而呼唤“当年俊杰何在”（李光《水调歌头》）。

辛弃疾就是当年的俊杰之一。绍兴三十一年（1161），年仅二十岁的他和北方很多不愿屈从于金人意志的壮士一样，揭竿而起，举起义兵。火热的军旅生活让这位年轻的英雄顿生豪情，他当时的理想和抱负就是：“了却君王天下事，赢得生前身后名！”（《破阵子》）然而，辛弃疾的这些壮志豪情，大多是在他闲居江西的日子里用回忆的方式表现的。如《鹧鸪天·有客慨然谈功名，因追念少年时事，戏作》：

◎ 辛弃疾塑像

壮岁旌旗拥万夫，锦襜突骑渡江初。燕兵夜娖银胡䩮，汉箭朝飞金仆姑。　　追往事，叹今吾，春风不染白髭须。却将万字平戎策，换得东家种树书。

辛弃疾是个英雄，但他是一个失路的英雄。在南宋朝廷长期为主和派把持的日子里，他的命运正应了陆游的一句话："报国欲死无疆场。"这位少壮时期就率领着千军万马的军事干才，如今正在当年之际，却不得不闲居山林，案头上那些透辟深刻的敌情分析和带有远见卓识的平戎大计，却早被从东家借来的农书所取代。英雄如斯，真正是沉郁之至，也让人叹息之至。报国无门的现实让辛弃疾的壮志豪情有时化成了对朝中奸佞的愤怒和对自己命运的调侃。

太常引·建康中秋为吕叔潜赋

一轮秋影转金波，飞镜又重磨。把酒问姮娥，被白发、欺人奈何！　　乘风好去，长空万里，直下看山河。斫去桂婆娑，人道是、清光更多！

词人的不满有二：年光流逝，白发暗生，自己却不能建功立业；长空万里，大好山河，却有很多光怪陆离的桂影。"斫去桂婆娑，人道是、清光更多！"这是对朝中奸邪把持朝政、蒙蔽圣聪的极度不满。有时词人也自我调侃，以表达自己心中的怨艾，认为自己一生辛酸辛苦、好事不到，都是因为自己姓了“辛”的缘故。他在给族弟辛茂嘉的《永遇乐》中说：

烈日秋霜，忠肝义胆，千载家谱。得姓何年，细参辛字，一笑君听取：艰辛做就，悲辛滋味，总是辛酸辛苦。更十分、向人辛辣，椒桂捣残堪吐。　　世间应有，芳甘浓美，不到吾家门户。比著儿曹，累累却有，金印光垂组。付君此事，从今直上，休忆对床风雨。但赢得、靴纹绉面，记余戏语。

辛弃疾的报国豪情有时也因为极度的苦闷而变成醉酒颓唐。

西江月·遣兴

醉里且贪欢笑，要愁那得工夫。近来始觉古人书，信著全无是处。　　昨夜松边醉倒，问松“我醉何如？”只疑松动要来扶，以手推松曰：“去！”

这首看似戏谑诙谐的小词，却表现了词人难以排遣的苦闷。欢笑只能在醉中才有，而愁苦却无时不在。“要愁那得工夫”是正话反说，就像后面讲的“近来始觉古人书，信着全无是处”一样。古人崇尚圣贤之言，立身做事都奉为最高准则。只是，在奸佞当权之时，若效古代君子之行事，又该是多么困难。所以，词人才反着说：是古人书上的话错了。

当然，南宋朝廷并非总是奸佞当道，主战派的声音有时也受到皇帝的重视。在孝宗最初登基之时，主战派就一度主导朝纲。只是在北伐受挫之际，主和派的声音又甚嚣尘上。

隆兴元年（1163），主战派张浚出师江淮，先收复宿州，但后来由于诸将不和、支援不力等原因在符离（今安徽宿州符离集）溃败，主和派因此又重新得势，次年冬达成和议，宋、金仍以淮河为界，金宋的君臣关系易为叔侄关系。据《历代诗余》所引《朝野遗记》的记载，张浚此时都督江淮军马，开府建康，张孝祥为都督府参赞军事，并领建康留守。张浚召集山东、河北抗金志士于建康上书反对和议，张孝祥即席赋《六州歌头》一词，主战的统帅张浚读之不胜悲慨，为之“罢席而入”。这首词是这样的：

长淮望断，关塞莽然平。征尘暗，霜风劲，悄边声。黯销凝。追想当年事，殆天数，非人力；洙泗上，弦歌地，亦膻腥。隔水毡乡，落日牛羊下，区脱纵横。看名王宵猎，骑火一川明，笳鼓悲鸣，遣人惊。　　念腰间箭，匣中剑，空埃蠹，竟何成！时易失，心徒壮，岁将零，渺神京。干羽方怀远，静烽燧，且休兵。冠盖使，纷驰骛，若为情。闻道中原遗老，常南望、翠葆霓旌。使行人到此，忠愤气填膺，有泪如倾。

极目北望，昔日淮水以南的关塞早已是一片莽苍。那里秋风忽起，尘土遮天蔽日，然而却静悄悄地再也听不到一声边境上应有的人喊马嘶。人们常常看到的是：昔日的礼乐教化之地，早已变成了牧场，充满了牛羊的腥膻之气。淮水北岸，骄悍的金兵高举着火把，鼓噪着在夜间进行军事操练。而在南宋朝廷呢？冠盖之使充塞道路，你来我往，车马奔腾，没有人顾及中原百姓的民族情感和抗金要求。战与和，这是多么鲜明的对比啊。难道说，一纸和约真的能成为朝廷偏安江南的保证？

辛弃疾是个英雄，年轻时就轰轰烈烈参加起义军反抗金人的统治，他南归后虽历任数职，但是他所任职都不怎么高，且经常调任，这使他无法在任上有大的建树和作为。他抱负远大，却无从实施，胸中难免会有股郁结之气，这种不平感只有在他的词中加以表达宣泄。稼轩词的豪放风格，常含着豪壮而苍凉，雄奇而沉郁。他是一个传奇式的人物，既有词人的气质，又有军人的豪情，他最大的愿望是为朝廷收复失地，因而词中包含他驱逐金寇恢复中原的壮志。他又生不逢时，南宋王朝偏安东南，懦弱求和，并未对他委以重任，这就使他的词在豪放之外多了一些沉郁，有壮志难酬之感。让我们看一下他的《永遇乐·京口北固亭怀古》：

千古江山，英雄无觅，孙仲谋处。舞榭歌台，风流总被，雨打风吹去。斜阳草树，寻常巷陌，人道寄奴曾住。想当年，金戈铁马，气吞万里如虎。　　元嘉草草，封狼居胥，赢得仓皇北顾。四十三年，望中犹记，烽火扬州路。可堪回首，佛狸祠下，一片神鸦社鼓。凭谁问：廉颇老矣，尚能饭否？

一生主战的辛弃疾65岁任镇江知府，来到抗金的前线。这首词就是此时所作。几十年的风雨消磨，已经让当年渡江南来的那个意气风发的青年将军须发皆白，但烈士暮年的壮心依旧在沸腾。“一闻战鼓意气生，尚思为国平燕赵”，当朝廷决定要再次北伐的时候，辛弃疾充满了责任感和使命感。但如今北伐的形势和他当年渡江时相比却已大不相同，词人登上北固亭，思绪万端，写下了一篇近乎史论的著名词作。词以“京口北固亭怀古”为题，一开头就从镇江的重要历史地位说起。京口是孙权所设重镇，南朝宋武帝刘裕生长于此。然而，这些曾经雄踞一时的人物，如今却“风流总被，雨打风吹去”，走进了历史的尘埃，杳渺难寻。但他们所建立的功业却彪炳千秋，少有人及。刘义隆想效法其父，建立不世功勋，却因为草率出兵，“赢得仓皇北顾”。词人在这里借刘义隆的例子隐喻现实，认为伐金需作充分准备，不能草率行事。但没有人真正尊重他的意见，当权者也枉顾北伐的大好时机白白丧失，中原百姓也已安于金人的统治，甚至忘记自己曾经是宋室的臣民。种种忧虑，都显示出词人作为一个主战老将的沉稳老练和思虑深远。

从词人南归到写《永遇乐》，正好过了四十三年。“望中犹记”两句是说在北固亭北望，仍记得四十三年前在扬州路参加战斗的事。过了四十三年，人已苍老，而壮志依然未酬，追思往事，不胜身世之感。“佛狸祠下”三句，表示自己隐隐担忧：若不尽快谋求恢复失地，中原百姓安于金人统治，可能要忘记自己是宋室臣民。词人人老爱国之心不老，用廉颇事作结尾便是明证，这是与苏轼明显不同的表现。

伍

无可奈何花落去　似曾相识燕归来

——元、明词坛的寂寞和清词的复兴

吴衡照《莲子居词话》有“金元工小令而词亡之论”，是说自散曲小令在北方兴起之后，词逐渐开始式微。明词又被人讥讽为“三百年无擅场者”。上述观点虽有些片面和过激，但却揭示了一个不争的事实，词这一文学体裁从唐朝兴起至宋发展到全盛，在元明不可避免地走向了衰落。然而，金元之后依然有一些精妙的小词，衰落并不意味着词的消亡，而是一段长久的积淀，它期待着词的一个完全崭新的繁荣期。元明词人背负着自卑的失落和沉重的镣铐在文学舞台上艰难盘旋。但在这些艰难的“舞者”中不乏有佼佼者舞动起令人惊鸿一瞥的曼妙“舞姿”。

◎ 康熙皇帝朝服像

当词的创作走进清代，却重新展现出一片生机盎然的局面。清初有王夫之、屈大均等遗民词人，而后在康熙朝出现了清词的全盛。当阳羡派、浙西派、常州词派相继争艳于词坛，当纳兰性德长吟于榆关，我们不只看到清代人词学研究的繁荣，更看到清词创作的姹紫嫣红。清代词学的中兴局面，与以上各家各派的努力和贡献诚然不能分开，也与作为封建帝王的康熙皇帝的大力提倡有直接的关系。康熙皇帝曾经亲自编选过《词选》，并为之作序。他在序中这样说：“然则词亦何可废欤！朕万几清暇，博综典籍，于经史诸书，有关政教而裨益人心者，良已纂集无遗。因浏览风雅，广识名物，欲极赋学之全而有《赋汇》，欲萃诗学之富而有《全唐诗》，刊本《宋金元明四代诗选》，更以词者继响夫诗者也。”在这里，尽管康熙仍沿用“诗余”这一概念来称谓词，但他已经将词与风骚传统联接起来，并把词升入正统文学之序列，真正赋予词一种崇高的地位。所以，清词的中兴，康熙皇帝的功绩是十分巨大的。下面我们便对金元及以后词的发展作一个回顾。

（一）三杯渐觉纷华远 一斗都浇块磊平——清新刚健的金词

12世纪初叶，女真族建立了大金政权。在此后的十余年间，金朝灭辽亡宋，臣服西夏、高丽，成为统治北方的强大政权。金与南宋对峙，形成我国历史上第二次南北朝分裂割据的局面。金朝统一北方之后，文化得到长足发展。金代文化具有质朴刚健的风格，这对金词产生了深刻的影响。金词的发展演变到词风的最后形成，经历了三个时期。第一个时期大约有接近五十年。这一时期，词坛上活跃的主要是北宋入金的作家。金太祖至海陵王统治的几十年间，战争不断，国势日盛。在戎马倥偬之中，金词有了一个高亢的开篇。金词是文化移植的产物。女真文化落后，金朝建立之初无词可言。金与北宋的交战中，北宋文人吴激、蔡松年等人进入金朝，也把北宋成熟的词体艺术带到金朝，为金词提供了一个高水平的范本。这群北宋词人由于经历时事动荡，身陷异国他乡，内心激愤不平，需要心灵的安慰。而苏轼的旷达洒脱恰好可以疏导他们的郁闷，缓解他们的痛苦，于是他们选择了“苏轼模式”来抒发感情。从此，苏轼的风格在北方流传，并一直延续了下去。

◎ 黑龙江依兰徽钦二帝坐井观天遗址

吴激（1090~1142），字彦高，号东山，建州（今福建建瓯）人。有文名，书法俊逸，为著名书法家米芾的女婿。北宋钦宗靖康二年（1127），奉命使金，被金人羁留，命为翰林待制。吴激是北宋末年著名的才子，当时与宇文虚中齐名。虽然留仕于金，但吴激心念大宋朝廷，内心还是充满矛盾和痛苦的。吴激工于词，他作词与蔡松年齐名，时号“吴蔡体”。吴激为金初词坛盟主，他的《诉衷情》《满庭芳》等作品在当时曾脍炙人口，他的《人月圆》写一位沦落为歌伎的南宋宗室女的不幸遭遇，尤为人所传诵。

人月圆

南朝千古伤心事，犹唱后庭花。旧时王谢，堂前燕子，飞向谁家？　　恍然一梦，仙肌胜雪，宫髻堆鸦。江州司马，青衫泪湿，同是天涯。

据记载，这首叫做《人月圆》的词，还有一段令人伤心的本事：有一次宇文虚中与吴激等在张侍御家饮酒会宴，座中发现一位佐酒歌伎原是大宋宗室之后，如今和很多人一样流落异乡，沦为歌伎。坐中诸公闻之感慨万千，遂皆作乐章一首。唯有吴激这首词笔姿盘旋空灵，全篇三处化用唐人诗句作典故，使整首词意境深远。“犹唱后庭花”句化用杜牧《泊秦淮》中“商女不知亡国恨，隔江犹唱后庭花”诗意，发今人亡国伤怀之感；“旧时王谢”句化用刘禹锡《乌衣巷》诗中“旧时王谢堂前燕，飞入寻堂百姓家”诗意，使人感慨世事的变迁；“江州司马”化用白居易《琵琶行》中“座中泣下谁最多，江州司马青衫湿”等句诗意，借以抒发自己和这位歌女“同为天涯沦落人”的感慨，诸人之词都不及吴激。

蔡松年（1107~1159），字伯坚，因家乡别墅有萧闲堂，故自号萧闲老人。真定（今河北正定）人。宋宣和末从父守燕山，宋军败绩时随父降金，天会年间授真定府判官。仕至右丞相，封卫国公，卒谥文简。蔡松年是金初重要词人，他虽然一生官运亨通，但其作品也常常流露出颇为矛盾的思想感情。他自称向往山林，但由于晚年受到荣宠，为了报答所谓知遇之恩，他还是一直仕进。而传统的文化观念以及内心深处潜伏着的民族意识，则又使他精神上感到有些自惭和羞辱。这种思想感情的抒写成为他诗词中的一个重要主题。蔡松年在当时颇负词名，他的《念奴娇》最为时人所称诵：

离骚痛饮，笑人生佳处，能消何物。夷甫当年成底事，空想岩岩玉壁。五亩苍烟，一丘寒碧，岁晚忧风雪。西州扶病，至今悲感前杰。　　我梦卜筑萧闲，觉来岩桂，十里幽香发。块垒胸中冰与炭，一酌春风都灭。胜日神交，悠然得意，遗恨无毫发。古今同致，永和徒记年月。

在这首词前有下面一段小序："还都后，诸公见追和赤壁词，用韵者凡六人，亦复重赋。"可见，这是和苏轼《念奴娇》之作，并且使用了苏轼词的原韵。其实，词人不只在音韵上步和苏轼，在词的内容和风格上也步和苏轼，这就是借酒遣怀，追求达观人生。苏轼在给弟弟子由的赠词中曾表示"一旦功成名就，扶病入西州"，即归隐故乡田园，在这里词人也表达了同样的愿望。因此，这首词悲叹古今人生，追求旷达自适之境，颇有东坡遗风。类似的作品还有《水调歌头》：

星河淡城阙，疏柳转清流。黄云南卷千骑，晓猎冷貂裘。我欲幽寻节物，只有西风黄菊，香似故园秋。俯仰十年事，华屋几山丘。　　倦游客，一樽酒，便忘忧。拟穷醉眼何处，还有一层楼。不用悲凉今昔，好在西山寒碧，金屑酒光浮。老境玩清世，甘作醉乡侯。

在北宋文人的引导下，金朝本土的词人开始成长起来。这一时期，金王朝处在上升期，形势一片大好——金太宗灭亡北宋，金熙宗臣服南宋，海陵王迁都燕京，为统一天下积极准备。意气风发的金代词人继承了北宋词人的爽朗词风，并充实进昂扬的时代内容，写出了激昂壮阔的篇章。以完颜亮为代表的词人，风格豪迈奔放，标志着金词自身的特点已经初具雏形。

◎ 金朝墓葬壁画中的男侍奉茶图（甘肃清水贾川乡董湾村出土）

完颜亮（1122~1161）即金废帝，女真名迪古乃，字元功。金朝第四代皇帝，史称海陵王。完颜亮在位时，相传因为欣慕柳永《望海潮》中杭州“三秋桂子、十里荷花”之景，“遂起投鞭渡江之志”（罗大经《鹤林玉露》）。但因为其为人残暴，南征时为部下所杀。

完颜亮是金朝第一代词人，其实他是于政治、军事之外偶为诗词。他的《鹊桥仙》人们论及颇多：

停杯不举，停歌不发，等候银蟾出海。不知何处片云来，做许大、通天障碍。　　虬髯捻断，星眸睁裂，唯恨剑锋不快。一挥截断紫云腰，仔细看、嫦娥体态。

这首词很能表现北方少数民族的率真自然的个性。比如，词中写道词人待月，忽然一片云来，月亮被云遮蔽，让词人热切的期待化为泡影，失望之情溢于言表。然而，此情此景，词人的表现不是幽怨，而是顿时怒发冲冠，要“一挥截断紫云腰”，然后再“仔细看、嫦娥体态”。真是率真之极、可爱之极，《艺苑雌黄》评《鹊桥仙》“俚而实豪”，很是准确。

金词的第二个时期是隆兴和议签订之后的一个阶段。这是金词创作呈现多种风格共存的时期。隆兴和议签订后南北修好长达四十余年，在金世宗和金章宗两个开明君主的统治下，金朝经济发展，政治清明，文化繁盛，进入鼎盛期。尤其是世宗和章宗爱好文学，并亲自创作，更加刺激了词体文学的发达。和平安逸的社会环境和帝王的提倡，给词人们提供了良好的创作氛围。大定、明昌年间，词坛人才辈出，风格多样，呈现出百花齐放的繁荣景象。蔡珪的俊爽清拔、刘迎的婉丽温柔、党怀英的潇洒疏秀、王庭筠的幽峭绵邈，都反映了词人多方面的探索和尝试，这里引蔡珪的一首小词如下：

江城子

鹊声迎客到庭除。问谁欤？故人车。千里归来，尘色半征裾。珍重主人留客意，奴白饭，马青刍。　　东城入眼杏千株。雪模糊，俯平湖。与子花间，随分倒金壶。归报东垣诗社友，曾念我，醉狂无？

蔡珪是蔡松年的儿子，能文词、善博辩，曾做过翰林修撰，同知制诰。元好问称之为金文学的“正传之宗”。他的这首小词是写好友相逢的。词的开头不写客来而用象征吉祥的喜鹊着笔，由其欢快的声音引出来客，使人未闻见其人，先感到一种欢乐祥和的气氛，这是一种很传统的表现方式。接下来写见到老友时既惊且喜的心情，怎样待客呢？“奴白饭，马青刍”，让随从们吃上等的白饭，让马儿啮青青的草料。那就更不用说款待贵客之殷勤了：在城东的杏林之中，摆下酒馔，一醉方休！

章宗明昌时期的词人大都具有很高的艺术修养，在书法、绘画方面都颇有造诣。高度的艺术修养使得他们在文学创作中注重审美价值，并形成一些共同的审美趣味。例如，梅花的意象和词人高洁的志趣凝结在一起，便构成了美妙的审美风格。这一点，和南宋词坛有很多相似之处，因为同时的姜夔等人也产生了大量的咏梅之作。王庭筠是受到金章宗赞许的文人，为此，他被任命为翰林修撰。不同于其他很多文人用吟咏梅花来表达自己高洁的品行，他有一首小词是借梅来写闺怨：

谒金门

双喜鹊，几报归期浑错。尽做旧愁都忘却，新愁何处着？　　瘦雪一痕墙角，青子已妆残萼。不道枝头无可落，东风犹作恶。

这是首把梅花和闺怨联系在一起的小词，选材虽传统，但由于作者以其高超的写作技巧将思妇的情感表现得极其凄婉深刻，因而令人百读不厌。

金章宗统治的后十年，耽于声色，朝野上下侈靡享乐之风盛行。在章宗的影响下，词人追求浮华艳丽，导致华而少实，空洞无物。王寂、刘仲尹创作了大量的艳情词，风格浮靡香艳。这一时期，虽然涌现了多种风格，但是词的基调并没有改变，依旧保持着清雄爽直的风格。此时的词坛名家辈出，风格多样，标志着金词已经进入成熟的发展状态。

金词的第三个时期正是和元蒙政权激烈冲突直至金亡的阶段。1211年，成吉思汗发动对金战争。面对蒙古的铁蹄，曾经不可一世的女真人显得孱弱无能，在战场上节节败退。自卫绍王登基，金朝便陷入内忧外患的困境，再到金宣宗“贞祐南渡”，金朝的衰败已经不可收拾。1234年，金朝最后一个皇帝金哀宗自缢而死，宣告金王朝灭亡。这一时期，尤其是南渡后的二十年，战争连年，灾害频繁，生灵涂炭，民生凋敝。在时代苦难的冲击下，词人们从纸醉金迷中惊醒过来，开始

◎ 成吉思汗像

反映金末社会动乱的现实。面对生死存亡的巨大考验，词人或写救亡图存的壮志，或写忧国忧民的情怀，风格慷慨悲壮。这一时期的金词堪比宋廷南渡时期，金词并没有随着金王朝的衰败而显出颓势，反而在乱世之中唱出时代的强音。金亡以后，元好问、李俊民、段克己、段成己等人成为流落新朝的遗民。他们感伤时事，系念故国，多写隐逸情怀与兴亡之感，词风高旷清远，幽忧激烈，为金词写下了流光溢彩的尾声。尤其是元好问饱含经世之志、亡国之痛与悯物之情，熔豪放婉约于一炉，化刚健婀娜于一体，刚柔并济，华实相扶，更加完全地展示了金词的特色，成为金词的集大成者。

◎ 元好问塑像

元好问（1190~1257）出身于一个世代书香的官宦人家。他的祖先原为北魏皇室鲜卑族拓跋氏。元好问出生即过继给他任县令的二叔父元格，之后便随着元格转徙于山东、河北、山西、甘肃的县令任上，受到了良好的教育，很早就显露出文学才华。青年时期，元好问多次经历科场挫折并遭受战祸、家破人亡，由山西逃难河南并在豫西逐渐定居。其间，他备尝了人生的痛苦艰辛。元好问35岁中博学宏词科入选翰林院，到金哀宗天兴二年（1233）汴京城破被蒙古兵俘虏，便由沉浮宦海到四处流离漂泊，后归故乡忻州，68岁卒。

年轻时科举屡试不中，这对积极用世的元好问来说，不啻是一个很大的打击。这在他早年的登临词中有所体现，我们来看下面这首词：

临江仙

今古北邙山下路，黄尘老尽英雄。人生长恨水长东。幽怀谁共语，远目送归鸿。　盖世功名将底用，从前错怨天公。浩歌一曲酒千钟，男儿行处是，未要论穷通。

词中大发感慨，将自己不第的不满尽数发泄，并表示自己不再论及人生穷通。北邙山是汉魏以来公卿陵墓所在，看到一座座坟茔，他不禁产生世事沧桑的叹息。自己过去汲汲于功名，而功名最终又有何用？自己以前怨天尤人，今天才知道这一切都错了。什么是成功？什么是失败？人生还是不能轻易地以穷通而论吧，这真是振聋发聩的议论。

清平乐

江山残照，落落舒清眺。涧壑风来号万窍，尽入长松悲啸。　　井蛙瀚海云涛，醯鸡日远天高。醉眼千峰顶上，世间多少秋毫！

这首词的题目为“太山上作”，“太山”即泰山，本词抒写词人登上泰山的所感所想。泰山本来以雄奇著称，历来哲人大贤登上顶峰，常常要发表自己的感慨，比如杜甫的“会当凌绝顶，一览众山小”之类。而元好问登上泰山，则是借《庄子》中的典故来纾解国家破亡的那种心理郁结。如“江山残照”“涧风来号”等人间万象，其实最后都会归之于无形。世上的种种情事也不过如秋毫一般渺小，包括功名得失、人事悲欢等。元好问从齐物思想出发，进而泯没所有世间是非小大之别。词人此刻正当故国沦亡之时，心情悲伤、惨淡，因此，这里实是以旷达掩其苦闷。除以上题材之外，元好问还有写晚年归隐的淡泊生活的词。然而，元好问最为人们所传诵的词还是他年轻时所作的一首《摸鱼儿》：

问世间，情为何物，直教生死相许？天南地北双飞客，老翅几回寒暑。欢乐趣，离别苦，就中更有痴儿女。君应有语，渺万里层云，千山暮雪，只影向谁去？　　横汾路，寂寞当年箫鼓，荒烟依旧平楚。招魂楚些何嗟及，山鬼暗啼风雨。天也妒，未信与，莺儿燕子俱黄土。千秋万古，为留待骚人，狂歌痛饮，来访雁丘处。

这首词又被人们称作“雁丘词”，是作者16岁赴并州应试途中所作。此前有段小序，作者这样记载了作此词的经过：“泰和五年乙丑岁，赴试并州，道逢捕雁者云：‘今旦获一雁，杀之矣。其脱网者悲鸣不能去，竟自投于地而死。’予因买得之，葬之汾水之上，累石为识，号曰雁丘。时同行者多为赋诗，予亦有《雁丘词》。旧所作无宫商，今改定之。”

这只殉情的大雁令词人见之不忍、感动异常。千百年来，这首词也令每一个读者感动万分。“问世间，情为何物，直教生死相许？”这是一句引起无数人共鸣的发问。情为何物？这是古代的圣哲们也很难回答得圆满的问题。世间有殉情的儿女，世外怎么还有殉情的大雁？这让人感受到真情的无处不在和它的巨大力量。作者以拟人的手法把这对双飞客的寒暑相伴、苦乐相随恣意渲染，从而把离别的伤痛映衬出来，并进一步揭示两者同生共死的缘由。

总的说来，金词具有鲜明的时代特征。首先，在民族大融合的背景下，金词是民族文化交叉融合的产物。汉族词人是金代词坛的主要力量，同时，少数民族词人也在崛起。如女真族的完颜亮、完颜雍等宗室词人以及其他少数民族词人都在词坛占有一席之地，他们的质朴豪爽、率真自然的创作风格给词坛注入了新的活力；金末的元好问是金代最杰出的词人，他的诗取得了当时不逊于宋廷诗人的巨大成就，他的词同样值得我们重视。元好问的早期词气概宏伟、词壮意豪，后期则多了些家国寄托和忧伤淡泊的风调，但仍不失气象的浑雅博大。多民族的词人共同构成了词坛的创作队伍，这种情况是前代和同时的南宋词坛所没有的。少数民族词人质朴豪爽、率真自然的创作风格给词坛注入了新的活力。随着文化整合的深入，这种风格在汉族词人身上也得到继承。这可以说是民族文化心理渗透的一个典型表现。其次，在南北文学传统交汇的背景下，金词凸现出北方文学的阳刚之气。金代的词人几乎全是北方人，具有浑厚豪迈的文化心理。受自然环境和人文环境的影响，金词形成了别具一格的北派风格。北方文学自古以来就形成了阳刚质朴的传统，金人写词，强调言志抒情，不拘文字工拙，与这种文学精神是一脉相承的，也是当时南北词坛的共同审美追求。王若虚提出“诗词只是一理”（《滹南诗话》卷中），元好问主张“性情之外不知有文字”（《新轩乐府引》），这和苏轼创作中体现的诗词合流的观点是一致的，和南北词坛的大势也是相合的。

（二）夜来卷尽西山雨　不着人间半点愁——俗世元词

元朝是我国第一个由少数民族建立起的全国性统一的政权，版图也扩展到前所未有的宏大。元代交通发达，在隋代开凿的大运河经元修缮后南北贯通，在海上也开辟了新的航线，城市经济迅速发展。但由于元朝统治者以武治世，社会动荡不安。他们又将社会分成四等人，民族压迫残酷，民族矛盾空前尖锐。封建社会用以选拔人才的科举制度在元代一度被废除，文人地位低下，有“九儒十丐”之说。传统的北方农业生产因北方游牧民族内迁受到严重的破坏。这些反映到文学上，传统的文学样式衰落，而符合市民审美口味的说唱文艺迅速兴盛。元曲正符合了这一时代潮流，成为元代文学的优秀代表，词则不可遏制地衰落下去。吴梅在《词学通论》书中写道：“元人以北词登场，而歌词之法遂废。”在元代仅属从属地位的词，自我创新少，多沿袭前人的风格，因此词作的成就不高。但仍有一些倔强的词人，在词地位处于下峰期的元代，散发着明艳的光芒。下面是萧汉杰的《浪淘沙·中秋雨》：

愁似晚天云，醉亦无凭。秋光此夕属何人？贫得今年无月看，留滞江城。　　夜起候檐声，似雨还晴。旧家谁信此时情。惟有桂香时入梦，勾引诗成。

在元代这个平淡的词作世界里，萧汉杰是个平凡之人，而此词却有其妙。“中秋”自带的色彩是暖暖的橙黄。中秋到了，月儿圆，人团圆，四周氤氲起一缕缕的和煦、惬意、放松。而此题一连到“雨”字，便顿觉蜡烛迷离的昏暗，透着凄凉、冰冷的寒意。在这灰色调的氛围里，并未上场的主人公注定了孤独寂寞，隔着幽暗的窗棂格子企望。这是一首写相思情的妙词。称其“妙”，是因为于率真语见大含蓄，于痴情中不见小儿女情态。主人公孤独的怨，凄凉的念，字字写来，似如可见，景物上无不染了寒意的愁思。“愁似晚天云”中“愁”如云般可见，用语之妙可窥一斑。这使人不禁联想到晏几道的“一片丝雨细如愁”。“贫得今年无月看”，“贫”字尤奇。贫就无月可看？难道只有非贫才可观月？月儿就挂在天上，它岁岁年年展示出上天的公平。为何作者说自己“贫”呢？秋光已属他人，意无心观景；留滞江城，无人相伴的孤独；“旧家谁信此时情”，遥望中，“旧家”的无情不解。“贫”得只剩“桂香”入梦。中秋之节，雨下了，月隐了，词人愈加“贫困”，寻常之字，引出一段酸楚之情。“桂香”入梦，作者运用通感手法，增添了词作的“奇”，扩展了想象的维度。

刘秉忠是元朝著名政治家、词曲作家。我们看一下他的《南乡子》：

夜户喜凉飔，秋入关山暑气消。勾引客情缘底物？鹧鸪，落日凄清叫树梢。　　古寺漏长宵，一点青灯照寂寥。暮雨夜深犹未住，芭蕉，残叶萧疏不奈敲。

刘秉忠，字仲晦，号藏青散人。早年一度为僧，后随海运禅师入见忽必烈，成为元朝立国、建都的设计师。后拜光禄大夫太保，参领中书省事。此词当是词人栖身禅门时所作。此词有“独卧青灯古佛旁”的幽寂静谧，词人以静观动，似以旁观者的角度，观照芸芸众生，词人在外，世间在内。词人就像一个不存在的透明体，但又如“云外一声鸡”般令人惊醒，洞察这正在发生的一切，心境淡定、从容、通达。“芭蕉残叶不奈敲”，于“萧疏”似听暮雨的淅淅沥沥，余韵悠扬。元人词从整体上看，疏朗明快，少密涩，不免粗俗。刘秉忠词能得清疏松秀之长，在元词人中堪称高手。

◎ 刘秉忠像

卢挚的《清平乐·行郡歙城寒食日伤逝有作》也是一首被人传诵的词：

年时寒食，直到清明日。草草杯盘聊自适，不管家徒四壁。　　今年寒食无家，东风恨满天涯。早是海棠睡去，莫教醉了梨花。

这是一首客中悼念亡妻的词。先是回想往日情事，颇多内疚和自责。从“自适”到“不管”抒写出未能与亡妻共悲欢，白白辜负了年华，这更加重了下阕的悔恨和伤情。末句中海棠比喻“红颜”，梨花比喻“素魂”，红颜已去，谁与花前共醉？清明祭奠之心，客中的漂游孤寂，全沉淀在“早是”“莫教”心路之中。“伤逝”奠定全文的感情基调，若独悲游宦之思似觉情太浅，也使得“海棠”“梨花”意象太过俗浅。此悼词虽与苏轼、贺铸等相较有一定差距，但已是元词之中的优秀之作。

刘因是元代著名散文家，但也有传世的词作，如《念奴娇·忆仲良》：

> 中原形势，壮东南、梦里谯城秋色。万水千山收拾就，一片空梁落月。烟雨松楸，风尘泪眼，滴尽青青血。平生不信，人间更有离别。　旧约把臂燕南，乘槎天上，曾对河山说。前日后期今日近，怅望转添愁绝。双阙红云，三江白浪，应负肝肠铁。旧游新恨，一生都付长铗。

刘因字梦吉，因爱诸葛亮的“静以修身”之句，自号静修，所居也名之静修。他从小颖悟过人，过目即能记诵。3岁识字，6岁写诗，7岁作文。因家穷教授生徒，皆有成就。他是元初文人中反映遗民思想较多的，虽然比较隐晦曲折但感情真挚沉痛，也有不少描写民生疾苦的诗作，著有《静修先生文集》二十卷。流传下来较有名的诗篇有《观梅有感》：“东风吹落战尘沙，梦想西湖处士家。只恐江南春意减，此心元不为梅花。”

这首《念奴娇·忆仲良》是悼念友人的。友情是中国文学史上最长久不衰的题材之一，这完全异于西方文学史上对于爱情的顶礼膜拜，其与中国的士文化、独特的游宦制度等诸因素有关。作词贵虚，词情贵真，本词兼具两者，是悼友词中的上乘之作。本词的动人之处在于传神地写出了这位亡友的性格才能、际遇生涯。仲良是个肝肠如铁的男儿，可是“一生都付长铗”，漂泊湖海，寄幕乞食。去世后是“空梁落月”，满目凄凉，这一点全以虚笔写出。谈及二人的友情，他们志趣相投，超脱世俗，视为流水知音。上下阕因情的牵引相互交错。“平生不信，人间更有离别”，两人相约

◎ 元朝的《卖鱼图》壁画

“把臂燕南，乘槎天上”，然而“前日后期今日近”，曾经的相约注定为永久的失约。词人再见到友人已是“烟雨松楸，风尘泪眼，滴尽青青血”，何等的悲凉！因为情深、情真，所以感人。作者对友人的深情浓意，愿泉下的朋友可以安知。

萨都刺，字天锡，号直斋，蒙古族人。著有《雁门集》，词不佻不缛，清状气盛。我们看一下他的《百字令·登石头城》：

石头城上，望天低吴楚，眼空无物。指点六朝形胜地，唯有青山如壁。蔽日旌旗，连云樯橹，白骨纷如雪。一江南北，消磨多少豪杰。　寂寞避暑离宫，东风辇路，芳草年年发。落日无人松径里，鬼火高低明灭。歌舞尊前，繁华镜里，暗换青青发。伤心千古，秦淮一片明月。

石头城历来是怀古咏史作品的一个热点。刘禹锡、王安石等著名诗人都在此地留下过著名的诗篇。在本首词中，词人有了自己与众不同的认识，他认为石头城只是因为其形胜才成为历来兵家的要冲。可是这个地域有险势而无险可守，长江天堑，也只是“白骨纷如雪”的战场，鹿死谁手真难预测，实亦难以视为“天堑”。君王们对这虎踞龙盘之地那么有兴趣，到头来无不“鬼火高低明灭”。“伤心千古，秦淮一片明月”，高挂头上的月亮简直是阅尽石头城沧桑的历史精魂，萨都剌最终也将自己化进了“伤心千古”的圆缺往复的月华中。

王恽师事元好问，为诗笔力雄浑，作词凝丽典重，为文波澜意度，著有词集《秋涧乐府》。他有一首描绘说书艺人技艺的词叫做《鹧鸪天·赠驭说高秀英》：

短短罗袿淡淡妆，拂开红袖便当场。掩翻歌扇珠成串，吹落谈霏玉有香。　　由汉魏，到隋唐，谁教若辈管兴亡。百年总是逢场戏，拍板门锤未易当。

这首词是赠给说书艺人高秀英的。上阕写女艺人的服妆形态及说书娓娓动听的情况。“掩翻歌扇珠成串”，一串串妙语如珠；“吹落谈霏玉有香”，言谈之美如玉屑飞散，这两句反映出女艺人说书技艺的高超。下阕写说书的内容涵盖古今兴亡之事。词末以拍门锤逢场作戏作结，语带禅机，有弦外之音。同时，这首词从一个侧面反映出有元一代说唱艺术的繁盛，涌现出一批杰出的民间艺术家。

仇远的《八犯玉交枝·招宝山观月上》则像一幅有动感的山月图画：

沧岛云连，绿瀛秋入，暮景欲沈洲屿。无浪无风天地白，听得潮生人语。擎空孤柱，翠倚高阁凭虚，中流苍碧迷烟雾。唯见广寒门外，青无重数。　　遥想贝阙珠宫，琼林玉树，不知还是何处？倩谁问、凌波轻步？谩凝睇、乘鸾秦女。想庭曲、霓裳正舞。莫须长笛吹愁去。怕唤起鱼龙，三更喷作前山雨。

仇远生性雅澹，喜欢游历名山大川，寄情于诗句之间。与白珽并称为“仇白”，并与赵孟頫、张翥等文人墨客相交甚密，互有词句赠答。他曾经为张炎《山中白云词》作序，十分谦虚地说：“予幼此癖，老颇知难，然已有三数曲流传朋友间，山歌村谣，岂是与叔夏词比哉！”

《词苑》称“此词纵横之妙，直似东坡”，读罢纵横之感萦绕胸间。本词上阕写观月时周围所处的环境，视线由近伸向远方，苍茫海岛隐约相连，暮影沉沉，风平浪静，一片清寂。遥想远处缥缈的仙山楼阁，擎空直矗，“广寒门外，青无重数”，点出观月。下阕写词人设想月宫仙女活动的情态，并使用了“秦女乘鸾”“霓裳正舞”“凌波轻步”的典故。全篇虽在写月，却没用一个月字，而读完此词，“月”这一形象无不时时在脑海中跳跃。此词虚实相映，构思巧妙，使人能见眼前景，感作者情。词末笛声吹出的愁音，在辽阔的海域间缭绕，境界随之开阔。顷刻间，愁小了，壮伟情怀向远处无限膨胀。

冯子振的《鹧鸪天·赠歌儿珠帘秀》是一首赠名伶的词：

凭倚东风远映楼。流莺窥面燕低头。虾须瘦影纤纤织，龟背香纹细细浮。　红雾敛，彩云收。海霞为带月为钩，夜来卷尽西山雨，不着人间半点愁。

冯子振，字海粟，号瀛洲客，又号怪怪道人。他博闻强记且才华横溢，文思敏捷，下笔万言，倚马可待，以文章称雄天下。《元史·儒学传》曾这样记载："子振于天下书无所不记""当其为文也，酒酣耳热，命侍史二三人润笔以俟，子振据案疾书，随纸数多寡顷刻辄尽"。

◎ 关汉卿像

词中写的歌儿是珠帘秀，原姓朱，排行第四，艺名为珠帘秀，元代早期杂剧中的著名女艺人，在元代舞台上非常活跃。《青楼集》记录她"姿容妍丽，杂剧为当今独步，驾头、花旦、软末泥等，悉造其妙，名公文士颇推重"。元后辈艺人称她为朱娘娘。她与关汉卿、卢挚、冯子振等文士交往。关汉卿曾形容她“贵似侯家紫帐，风流如谢家红莲”，“十里扬州风物妍，出落着神仙”。本词一开始突兀地摆出“远映楼”并未道出景，只为下文埋下伏笔。用“流萤窥面燕低头”句写珠帘秀的貌美，这与“沉鱼落雁”“闭月羞花”有异曲同工之妙。“虾须”“龟背”的意象选用奇特，分别指竹帘和烹茶所起的细纹。下阕写海霞将尽的景色，海霞为带，弯月如钩，彩云点点，香雾缭绕。虽在写景，亦系于人，句句扣住“帘”字，语涉双关，衬托出佳人之美。

纵观元代词作有其鲜明的特点。首先是出现了不少优秀的少数民族词人，如蒙古族的萨都剌、维吾尔族的司马昂夫等。他们深受中原文化影响，词作中升腾的汉文化意蕴几乎与汉族文人无异。其次，由于元代四通八达的海陆交通，元代与外国交流频繁，文化上也相互借鉴融合，外国使臣纷纷涌到中国，学习中原文化。如韩国的外使李齐贤长期留居中国，接受中华文化熏陶，对外传扬了中华文化。再次，元代词作反映出浓厚的生活气息，描写生活形态和各色人物，涌现出一批现实主义佳作。

（三）青山依旧在 几度夕阳红——衰飒明词

1368年，朱元璋领导的农民起义军推翻了元朝统治，建立起大明王朝。明朝立国之初，采取了一系列积极的政策来促进封建经济的发展，但同时又实行了一些极端严酷的君主专制统治政策，如恐怖的特务统治，压抑思想的八股取士制度等。这些摧残了有思想有个性的文人，大伤新建国家的元气，同时也严重影响了明代文学的发展。吴梅在《词学通论》中指出明词“托体不尊，难言大雅，其蔽一也”，“连章累篇，不外酬应，其蔽二也”，“句摭字捃，神明不属，其蔽三也”，“好行小慧，无当雅言，其蔽四也”。明代钱允治在《国朝诗余序》中提到明代“骚坛之士，试为拍弄。才为句掩，趣因理湮，体段虽存，鲜能当行”。上述观点切中肯綮。代表明代文学最高成就的是反映市民情趣的小说，而词这一文学体裁已经被挤到文学世界的角落里。在俗文化盛行的时代，以古典诗词为代表的雅文学失去了立足的市场。在这种艰难的“处世”环境里，寥寥落落的几位代表词人，也流传下来值得后世人一读的优秀作品。

历数明词的发展，可以明显地分为三个阶段。明初，刘基、杨基、高启诸人各具特色，“温雅芊丽，咀宫含商”，犹有宋代遗风。明中叶，杨慎、王世贞、汤显祖等人博学多才，但为词多不协律，任性随意，浅露杂芜，无力挽救明词衰落的局面。明末，民族矛盾加剧，几位毕生致力于抗清斗争的词人如夏完淳、陈子龙等用激愤之笔抒发兴亡之恨，慷慨淋漓，摒绝浮华。兹选几位代表词人略作介绍。

刘基，字伯温，号犁眉，后被封为诚意伯。人们印象中

◎ 刘基像

的刘伯温是一位仙风道骨式的人物，曾有“三分天下诸葛亮，一统江山刘伯温”来说刘伯温的神机妙算，将他与诸葛亮相并肩。《明史》称他“博通经史，于书无不窥，尤精象纬之学”。他辅佐朱元璋成就帝业，朱元璋多次称其为“吾之子房”，因此，他是大明朝建立的功臣。在词的创作方面，刘基也算得上明朝第一位词人。下面看一看他的《水龙吟》：

鸡鸣风雨潇潇，侧身天地无刘表。啼鹃迸泪，落花飘恨，断魂飞绕。月暗云霄，星沈烟水，角声清袅。问登楼王粲，镜中白发，今宵又添多少？　　极目乡关何处？渺青山髻螺低小。几回好梦，随风归去，被渠遮了。宝瑟弦僵，玉笙指冷，冥鸿天杪。但侵阶莎草，满庭绿树，不知昏晓。

此词展现出的是一个身处乱世、志不能伸的失意之士。他有救济天下苍生的抱负，而现实却是“鸡鸣风雨潇潇”，“啼鹃”都为之“迸泪”，“落花”也飘恨，月暗云霄，连被人讥讽为无大成的刘表这样的人物，现实中都没有出现，那治世明主更待何年？积郁胸中的悲愤之气，盘桓涤荡，久久不能释怀，给人一种凝重的压迫感。词人英雄失路，壮志难酬。一声长叹“宝瑟弦僵，玉笙指冷，冥鸿天杪”，设想着可以“但侵阶莎草，满庭绿树，不知昏晓”，然而却“几回好梦，随风归去，被渠遮了”，词人是摆脱不掉内心的愤懑超脱尘世的。此词选用的意象，多“陈词”似无新意，但因词人贯通全词的悲愤不平之气，使得此词散发出独特的艺术个性。下阕中用带柔性的意象如宝瑟、玉笙、冥鸿等，表达出的却是带有硬度的英雄失落的悲慨，与辛弃疾用柔语抒壮情有异曲同工之妙。

聂大年的《菩萨蛮》：

杨柳小蛮腰，惯逐东风舞。学得琵琶出教坊，不是商人妇。　忙整玉搔头，春笋纤纤露。老却江南杜牧之，懒为秋娘赋。

明中叶词作多艳而庸俗，而此词却艳而不俗，刻画出了一个孤傲自尊不受人摆弄的教坊歌伎形象，她自信、勇敢、有魄力，词句间也暗合了作者的赞许之情。“不是商人妇”是说她要靠卖艺维持自身的独立而不怕色衰，不走“老大嫁作商人妇”的旧路。她不想倚才子之名为自己捧场，要傲慢地让杜牧之“老却”无诗可作，无兴致赋秋娘赋。“傲慢”一词展现在社会地位最为卑微的歌伎身上，这正是本词的独到新颖之处。

唐寅，字伯虎，因他生在明宪宗成化六年庚寅年寅月寅日寅时，故名唐寅。唐寅“唐伯虎点秋香”“三笑”“三约牡丹亭”的故事在民间广为流传，因之他的风流才子形象也深深留在人们的印象中。唐伯虎自幼天资聪敏，熟读四书五经，并博览史籍，16岁秀才考试得第一名，轰动了整个苏州城，二十九岁到南京参加乡试，又中第一名解元。正当他踌躇满志，第二年赴京会试时，因牵涉科场舞弊案而交恶运。此后遂绝意进取，以卖画为生。他与沈周、文徵明、仇英合称为“明四家”，在画作上极有成就。又与文徵明、祝枝山、徐祯卿合称为“吴中四大才子”，以多才多艺闻名。在苏州城里流传着很多关于他的故事。相传他的朋友从他那儿索来一幅画，画的是一竿青竹临风而立，竹上趴着一只纺织娘，朋友将

◎ 唐伯虎《王蜀宫妓图》

画挂在房中。夜晚朋友被纺织娘的叫声吵醒四处找寻，原来竟是唐伯虎画的那只。虽是传说，却反映出唐伯虎绘画艺术的精湛。还有一次唐伯虎与祝枝山漫步田间，一时兴起，祝枝山随意出了一联“水车车水，水随车，车停水止”，唐伯虎点头笑道“风扇扇风，风出扇，扇动风生”。唐伯虎的过人才华从中可窥一斑。唐伯虎不仅有才子风流的洒脱随行自然，同时他也有着传统中国文人心念苍生的忧愤。“不炼金丹不坐禅，不为商贾不耕田。闲来写幅丹青卖，不使人间造孽钱。”在他的绝笔诗中也曾这样写道：“生在阳间有散场，死归地府又何妨。阳间地府俱相似，只当飘流在异乡。”痛斥时局腐败、黑暗与地狱无别。

唐寅的最著名的小词如《一剪梅》：

> 雨打梨花深闭门，忘了青春，误了青春。赏心乐事共谁论？花下销魂，月下销魂。　　愁聚眉峰尽日颦，千点啼痕，万点啼痕。晓看天色暮看云，行也思君，坐也思君。

从词的开始兴起，“闺怨”这类题材就被视为词的正统题材，因此吟咏得也最为普遍。唐寅的《一剪梅》使这似乎已经抒写滥俗的题材又别出一番“才子”新意。首先词句清圆婉转，自然明畅，明白如话，无娇作和造势。“忘了青春，误

◎ 文徵明像

了青春”，“行也思君，坐也思君”，清晰展现出怨女复杂的心理活动。“忘了青春，误了青春”，是怨君；“赏心乐事共谁论”，是忆君；“愁聚眉峰尽日颦”，是念君；“晓看天色暮看云”，是思君。思思念念，怨怨恨恨，在女子的心里反复翻滚，使这首简单的小词有了深度。一个手握鲛帕面带泪痕的痴女形象灵动地跃于才子笔端，诚不愧其所冠“才子”之号。

文徵明的词《满江红·题宋思陵与岳武穆手敕墨本》辛辣、深刻：

拂拭残碑，敕“飞”字依稀堪读。慨当初、倚“飞”何重，后来何酷？果是功成身合死？可怜事去言难赎。最无端、堪恨又堪悲，“风波”狱。　　岂不念，中原蹙？岂不惜，徽、钦辱？念徽钦既返，此身何属？千古休谈南渡错，当年自怕中原复，笑区区、一桧亦何能？逢其欲。

文徵明描摹《千字文》的故事传为千古美谈。他“平生于书，未尝苟且，或答人简札，少不当意，必再三易之不厌”，可见其做事严谨精益求精的态度，实为后人楷模。文徵明幼时行为木讷，并没有过高的天赋，后来能够成为一代文学、绘画、书法大家全凭后天努力。他晚年声望很高，购求他画的人几乎踏破门槛，但他却给自已立了规矩，并持之以恒从未破例，他平生三不肯应：决不把字画卖给藩王贵族、宦官、外国人。连严嵩这样的权贵也不例外，可是老百姓却很容易就能得到他的字画，甚至他都甘愿奉送，不收分文。他高大洁傲的品格可知一二。

南宋著名抗金将领岳飞以“莫须有”的罪名冤死风波亭，为历史的一大悲剧。赵构之罪实在难逃，《宋史·岳飞传论》记录“高宗忍自弃中原，故忍杀飞”。但是，史实需要有实证。明代中叶，出土的这一实物——赵构手敕岳飞的御书，即是最好的证明。“莫等闲，白了少年头，空悲切”一句让人们熟知了战场以外岳飞的英武形象。或许是期意的历史切合，文徵明以同题《满江红》追忆悲剧英雄，抒发内心对奸佞小人祸国殃民的愤恨。以文为词，始自辛弃疾。本词亦将大量的古文言入词，增添了苍凉感慨之气。抒愤情时，一泻千里，激恨之气，一吐为快。“笑区区、一桧亦何能？逢其欲”，笑中渗透着无奈的悲恨。文徵明一改素日文雅谦恭词风，词中慷慨激昂的气势在衰落的明代词坛独具一格。

杨慎的《临江仙》(《廿一史弹词》第三段说秦汉开场词)流传甚广：

滚滚长江东逝水，浪花淘尽英雄。是非成败转头空，青山依旧在，几度夕阳红。　　白发渔樵江渚上，惯看秋月春风。一壶浊酒喜相逢，古今多少事，都付笑谈中。

《廿一史弹词》是杨慎晚年所著历史通俗说唱之作，此词是第三段开场词，后来清初毛宗岗将其移置于《三国演义》的卷首。随着《三国演义》的经久不衰，《临江仙》一词亦将唱响千古英雄气概。"滚滚长江东逝水"，英雄人物一个一个随历史的浪花散尽。笔锋陡然一转，抬眼望去，"青山依旧在，几度夕阳红"，泛起空旷的悲凉。低头又可见，"白发渔樵江渚上，惯看秋月春风"，一种洒脱，一种世事洞察，明悉万物的释怀，恬淡而从容。杨慎是官宦子弟，曾高中魁首，着实春光无限，可到头来，72年的悠悠岁月，却有35年消耗在了边境戍地。太复杂了反而会转成简单，看透了人生，一切皆可抛洒。词中的主人公魂魄或已飞往仙外，飘飘者，不再在世间蹀躞。长袂一挥，浊酒一壶，仰天长啸，"古今多少事，都付笑谈中"。

汤显祖的《阮郎归》也是一首秀丽之作：

不经人事意相关。牡丹亭梦残。断肠春色在眉弯。倩谁临远山。　排恨叠，怯衣单，花枝红泪弹。蜀妆晴雨画来难。高山云影间。

◎ 汤显祖墓

汤显祖因“临川四梦”（《牡丹亭》《南柯记》《邯郸记》《紫钗记》）传名于世，最是以一曲《牡丹亭》称艳群芳。他的词作也都秀丽韶雅，摇曳多姿，才情毕现。“断肠春色在眉弯”，一句用语高妙。他的词风就如同他笔下的杜丽娘既艳丽多情，又如绰约仙子。这也代表了明代中期词作的主要风格。

夏完淳是一位年少词人，他的著名词作是《烛影摇红》：

辜负天工，九重自有春如海。佳期一梦断人肠，静倚银釭待。隔浦红兰堪采。上扁舟，伤心欸乃。梨花带雨，柳絮迎风，一翻愁债。　　回首当年，绮楼画阁生光彩。朝弹瑶瑟夜银筝，歌舞人潇洒。一自市朝改。暗销魂，繁华难再。金钗十二，珠履三千，凄凉万载。

夏完淳享年虽少，却有凌云壮志，胸含一腔热血。他5岁读经，7岁能诗文，9岁写《代乳集》，自称江左少年。曾上书40家乡绅，请他们举义兵为明皇帝出力，兵败后为清兵所俘。狱中仍然慷慨激昂，矢志忠义，留下著名诗篇《别云间》：“三年羁旅客，今日又南冠。无线山河泪，谁言天地宽。已知泉路近，欲别故乡难。毅魄归来日，灵旗空际看。”当时著名文人陈继儒曾这样赞赏过他“包身胆，过眼眉，谈精义，五岁儿”。这首词作于明南都陷落之后，上阕写在故乡松江见到的景物，大自然依旧是“九重自有春如海”，可是国破了，江山碎了，此情此景引起的只能是无尽的愁思。“梨花带雨，柳絮迎风”，原本是多美的景物啊！“梨花一枝春带雨”，“一川烟草，满城飞絮，梅子黄时雨”。杜甫在面对着满目疮痍的国家时写出“感时花溅泪，恨别鸟惊心”的诗句，此时作者的心思与杜甫是一样的。《蕙风词话》曾评价此词“声哀以思”。下阕回忆当年旧事，绮楼歌舞，都随逝水，表现出一个壮志青年对国家倾覆的无限感伤。明末的词人因民族矛盾的加剧，词风大改，慷慨淋漓，情致痛彻感人。

（四）身向榆关那畔行，夜深千帐灯——词的最后辉煌

词在清代的中兴是有很多标志的，主要表现在词人的数量、词作的数量以及词学研究等方面。已经出版的《全清词》收录词人2105人，词作53400首，而这并不是清词的全部。严迪昌先生曾有这样一个估算："一代清词总量将超出二十万首以上，词人也多至一万之数。"（《清词史》）清代词学研究也进入鼎盛阶段，对词史的梳理、对词的审美观念和创作观念的表述等方面都有可观的成果。当然，数量的巨大也许并不能说明根本问题，但如此众多的词人参与词的创作和研究，也足以证明清代词坛并不寂寞。清词的繁荣还体现在作家风格的多样以及各种流派的纷呈。在清代词坛，有的词人追求婉丽，有的词人欣赏清雅，有的词人则继轨豪放，这就导致了纳兰性德、朱彝尊和陈维崧等饮水词派、浙西派以及阳羡派等不同风格流派的出现。所有这些，都标志着词这种古老的艺术形式虽然历经元明的沉寂，但在清代却"老树春深更著花"，依然展示出她亮丽的容颜，走进最后的辉煌。

清初词坛上主要是一些被称作"国初诸老"的词人，以王

夫之、屈大均、龚鼎孳、吴梅村等为代表。由于他们处在朝代更替的历史剧变之时，因此，其作品与明人嘲风弄月、花间调笑有所不同，常常是自抒怀抱或者是深有寄托。

◎ 吴伟业像

吴伟业（1609~1672），字骏公，号梅村。世居江苏昆山，祖父始迁江苏太仓。吴梅村是崇祯年间进士，明末清初著名诗人。他与钱谦益、龚鼎孳并称“江左三大家”，长于七言歌行，他的《圆圆曲》中“恸哭六军尽缟素，冲冠一怒为红颜”两句诗最为传诵。后人称他的歌行为“梅村体”。吴梅村也长于词，清人对他的评价很高，一般都认为他是清初词家中最杰出的一位，如徐珂说：“明崇祯之季，诗余盛行，人沿竟陵一派。入国朝，合肥龚鼎孳、真定梁清标皆负盛名，而太仓吴伟业尤为之冠。”（徐珂《近词丛话》）张德瀛也说：“吴梅村祭酒为本朝词家之领袖。”（《词征》）

吴梅村词的风格多样，很多词评家往往各指所是。他的艳情词绮丽婉媚，深得温、柳、周的风韵，写高旷之情者，神理逼近苏轼；写淡雅之情者，风格又似秦观；悲慨国事者，驱使书史，激昂苍凉，气格神韵都又追步稼轩。至于俯仰身世，抒发其幽恨块垒之作如《贺新郎·病中有感》，则完全发自胸臆，无所依傍，是血泪凝成的独绝之词。大体上说，吴梅村的小令、中调，柔媚似晚唐、北宋诸婉约派大师的情韵，长调慢词，豪放激昂，风格似东坡、稼轩的神气。

吴梅村词虽然多种多样，但有些感伤身世、抒发内心幽恨、浇其胸中块垒之作更为人们传诵。如传说为他绝笔之词的《贺新郎·病中有感》：

> 万事催华发。论龚生，天年竟夭，高名难没。吾病难将医药治，耿耿胸中热血。待洒向，西风残月。剖却心肝今置地，问华佗，解我肠千结。感旧追往恨，倍凄咽。
>
> 故人慷慨多奇节。为当年，沉吟不断，草间偷活。艾炙眉头瓜喷鼻，今日须难诀绝。早患苦，重来千叠。脱屣妻孥非易事，竟一钱不值何须说。人世事，几完缺。

吴梅村曾屈节事清，他认为这是他一生的污点，也是他难以解开的心结，所以他才说纵有华佗再世，也难解心肠千结。想起故友中多少人，已为捍卫乡邦维护名节牺牲了生命，而自己却沉吟不断，草间偷活至今。虽说自己一生之误是为儿女之情所拘，但要超脱这儿女之情，又谈何容易？如今万事俱休，回首人生，竟让人觉得一钱不值！当然，人生一世，也许难以尽善尽美，可是，词人还是难以原谅自己。梅村到晚年，污名失节之痛，愧悔内疚之心，愈加深切，故词中论起龚胜，虽其未得享天年而夭亡，但留下高名，青史难没。故交师友，也多有为抗清而死难者。想起这些，他深感愧对故君旧友于地下。在这里，他几乎将自己的后半生全盘否定了。吴梅村这种令人凄绝的忏悔，世所罕有。

◎ 王夫之像

王夫之（1619~1692），字而农，号涢斋，别号一壶道人，湖南衡阳人。晚年居衡阳之石船山，故世称“船山先生”。王夫之是明末清初杰出的思想家、哲学家。他与方以智、顾炎武、黄宗羲同称明末四大学者。王夫之是个博学多才的人，也写小词。他的词写明清之间的乱亡，如《蝶恋花》：

为问西风因底怨？百转千回，苦要情丝断。叶叶飘零都不管，回塘早似天涯远。　阵阵寒鸦飞影乱。总趁斜阳，谁肯还留恋？梦里鹅黄拖锦线，春光难借寒蝉唤。

王夫之曾一度依附桂王，他的初衷是想恢复明朝。可是当他看到这些朝臣如此败坏、淫靡及争权夺利的时候，他很失望地退隐了。这首词便是他那无奈心情的反应。这棵衰飒的秋柳，正象征着风雨飘摇的残明政权，在“秋风”的威逼之下，它哪里还管得了“叶叶飘零”？更何况，回塘已远，这棵树也将无所依附。鹅黄嫩柳在风中翻飞的景象只是梦里的春天，凄厉的寒蝉怎么能将它唤回呢？词情幽怨至极。

在清初，影响最大的还应属云间词派。云间，即今上海市松江区的古称。清置华亭、娄县二邑，并隶松江府，属江苏。以陈子龙，宋征璧、宋征舆兄弟以及李雯等为领袖的云间词人并不尽是松江一县籍贯，还有青浦、奉贤等县，但以上诸县均属当时松江府治。时人以及后世论词者，多以“云间诸子”或“云间作者”称之。近世研究词史的专家学者，才有“云间词派”的说法，实则辞异意同。它的核心人物，实际上就是几社的几位主要领袖。

云间词派的领袖自然是陈子龙，他是明末清初的著名抗清烈士，也是著名词人。以陈子龙为代表的云间词人推崇北宋以前的词作，认为它们“皆境由情生，辞随意启，天机偶发，无音自成，繁促之中尚存高浑”，而南渡之后的词则“此声遂渺”，元以后更不值得一提。因此，他们要接续“词统”，“冀复古音”，努力恢复词的本色。但云间诸子的早期创作，由于未能越出妍婉雅正之旨的范畴，又忽略了同所处时代现实的有机契合，故所作词整体上成就不高。但值得注意的是，陈子

◎ 陈子龙像

龙真正的用意是以花间词的体格和辞色，表现他们认为花间词所无而北宋词才有的“深至”之意，即在言情的同时还要有所寄托，这对清中后期的常州词深有影响。让我们翻看一下陈子龙的两首小词：

忆秦娥·杨花

春漠漠，香云吹断红文幕。红文幕，一帘残梦，任他飘泊。　　轻狂无奈春风恶，蜂黄蝶粉同零落。同零落，满池萍水，夕阳楼阁。

点绛唇·黄昏

帘卷斜阳，东风罗带吹芳径。月华初映，人影阑干并。　　又怯空房，花下双鬟等。青灯冷，碧纱烟静，半晌愁难定。

这两首词在咏杨花和黄昏的时候，似乎有所寄托，但限于篇幅，词意难申。王士禛《花草蒙拾》中也指出了这种不足：

“云间数公论诗拘格律，崇神韵。然拘于方幅，泥于时代，不免为识者所少。其于词，亦不欲涉南宋一笔，佳处在此，短处亦坐此。”

但陈子龙是才子也是烈士，儿女之情、君国之爱同样深挚，由于其用情之深广，而往往可以有一种高远之意境。再加上时代赋予他的一份忧患意识，因此使得陈子龙的词具有了一种可以引人产生感发与联想的能量，这也正是其影响后世的力量。

清词创作的中兴是以陈维崧、朱彝尊和纳兰性德的出现为标志的。

陈维崧（1625~1682），清代著名词人、骈文作家。字其年，号迦陵。宜兴（今属江苏）人。清初诸生，康熙十八年（1679）举博学鸿词，授翰林院检讨，54岁时参与修纂《明史》，4年后卒于任所。陈维崧的词多至1600余首，题材、笔法比较多样。蒋景祁的《陈检讨词钞序》中说：“读先生之词者，以为苏、辛可，以为周、秦可，以为温、韦可，以为《左》《国》《史》《汉》、唐、宋

◎ 陈维崧像

诸家之文亦可。”蒋景祁的话可能有些夸张，但的确道出了陈维崧词多样化的特点。不过，陈维崧词的主要风格还是豪迈奔放，接近宋代的苏、辛派词人。陈维崧词的题材也非常广泛，比如《贺新郎》写清兵征发十万民夫拉纤：

战舰排江口。正天边、真王拜印，蛟螭蟠钮。征发棹船郎十万，列郡风驰雨骤。叹闾左、骚然鸡狗。里正前团催后保，尽垒垒锁系空仓后。捽头去，敢摇手？　稻花恰称霜天秀。有丁男、临歧诀绝，草间病妇。此去三江牵百丈，雪浪排樯夜吼。背耐得、土牛鞭否？好倚后园枫树下，向丛祠亟倩巫浇酒。神佑我，归田亩。

这样的词犹如杜甫的《三吏》《三别》，具有史诗的性质。它描写了由于清兵的抓丁拉夫，以至于鸡犬不宁的乱象，又写了与丁男诀别的“草间病妇”，最后还以对话的方式，表现了丁夫们祈盼自己能够平安回归田亩的愿望。另外还有《蝶恋花·六月雪》写农民入城的情态，《贺新郎·赠苏昆生》写艺人的遭遇等，这都是以前的词中所罕见的题材。陈维崧的词以阳刚之美为特点，因为他家住宜兴（宜兴古名阳羡），故这一派词人被人们称作“阳羡派”。

与“阳羡派”词同时崛起的词人还有朱彝尊以及“浙西派”。朱彝尊（1629~1709），字锡鬯，号竹垞，秀水（今浙江嘉兴市）人。朱彝尊是著名学者，他也参加了康熙十八年的博学鸿儒考试，以布衣授翰林院检讨，参加编修《明史》，后来曾出典江南省试，康熙三十一年（1692）回归故里，专事著述。

◎ 朱彝尊像

朱彝尊是著名诗人，在清词中影响更大。他和陈维崧并称“朱陈”，执掌词坛牛耳，开创清词新格局。他认为明词因专学《花间集》《草堂诗余》，有气格卑弱、语言浮薄之弊，乃标举张炎《词论》中的“清空”“醇雅”之说以矫其弊。他主张宗法南宋词，尤尊崇南宋格律派词人姜夔、张炎，提出：“世人言词，必称北宋，然词至南宋始极其工，至宋季而始极其变。姜尧章氏最为杰出。”（《词综·发凡》）朱彝尊论词也提倡有所寄托。他说：“词虽小技……有诗所难言者，委屈倚之于声，其词愈微，而其旨益远。盖言词者，假闺房儿女子之言，通之于《离骚》、变雅之义，此尤不得志于时者寄情焉耳。”（《红盐词序》）朱彝尊又认为诗词有别。他说：韩愈“欢愉之言难工，愁苦之言易好”的话只适用于诗，至于词，大都是欢愉之言，而工者十九。他的这种观点对于他以及浙西派词的创作都产生了不良影响。朱彝尊还选辑唐至元人词为《词综》，借以推衍其主张。这一主张被不少人尤其是浙西词家所接受而翕然风从，以至于“数十年来，浙西填词者，家白石而户玉田”（《静惕堂词序》）。后龚翔麟选朱彝尊、李良年、李符、沈皞日、沈岸登及本人词为《浙西六家词》，遂有“浙西词派”之名，其势力笼罩了康、雍、乾三朝百余年的词坛。

朱彝尊的词讲求词律工严，用字致密清新，其佳者意境醇雅净亮，极为精巧。

洞仙歌·吴江晓发

澄湖淡月，响渔榔无数。一霎通波拨柔橹，过垂虹亭畔，语鸭桥边，篱根绽、点点牵牛花吐。　红楼思此际，谢女檀郎，几处残灯在窗户。随分且欹眠，枕上吴歌，声未了、梦轻重作。也尽胜、鞭丝乱山中，听风铎郎当，马头冲雾。

静谧的江南水乡的清晨，乘舟出发的风情，被描摹得十分细腻。一路月淡水柔，篱边花发，楼头灯残，舟中人在吴歌声中若梦若醒，展现出一种清幽的情趣。

清中叶浙西派的重要代表是厉鹗。厉鹗（1692~1752），字太鸿，号樊榭，钱塘人。康熙五十九年（1720）考中举人，进京以后，以诗为汤右曾所赏识，但未能考中进士。乾隆元年

（1736），为浙江巡抚程元章推荐，参加“博学鸿词”考试。由于考试过程中，误将《论》置于《诗》前，以不合程式再次名落孙山。此后，终身未仕。厉鹗在词方面具有极高的造诣，为浙西词派中期的代表。在词派问题上，他推崇姜夔、张炎等人为首的宋词南宗，贬低辛弃疾等人的北宗。厉鹗以“清”与“雅”作为词好坏的标准。他主张在艺术特点上，词应该是幽隽清绮，婉约淡冷；作品蕴意上，词要适度表达作者纯正的情感，寄以不含俗态的清高志性。他与查为仁合编的《绝妙好词笺》成为继朱彝尊《词综》之后鼓吹南宋词方面最有影响的著作。厉鄂的词颇有姜、张遗韵：

◎ 厉鹗像

眼儿媚

一寸横波惹春留。何止最宜秋。妆残粉薄，矜严消尽，只有温柔。　　当时底事匆匆去？悔不载扁舟。分明记得，吹花小径，听雨高楼。

这首词与姜夔流落江湖间所作具有同样风调，“当时底事匆匆去？悔不载扁舟。分明记得，吹花小径，听雨高楼”，在感叹旧游的同时，寄托着光阴逝去、欢乐难再的惆怅。

在中兴清词的三大词人中，纳兰性德的成就最为人们瞩目。纳兰性德（1655~1685），原名成德，为避皇太子胤礽（小名保成）讳而改成性德，字容若，号楞伽山人。正黄旗满洲人，大学士明珠长子，生长在北京。纳兰性德自幼天资聪颖，读书过目不忘，数岁时即习骑射，17岁入太学读书，康熙十五年（1676），纳兰性德22岁时，以优异成绩考中二甲第七名。康熙皇帝授他三等侍卫的官职，以后升为二等，再升为一等，作为皇帝身边的御前侍卫，当时康熙皇帝南巡北狩，游历四方，纳兰几乎每次都伴随左右，并甚得康熙的喜爱。纳兰也曾有积极用世的抱负，但是侍卫这种仆人式的生活使他雄心日渐销尽，也

◎ 纳兰性德像

失去了立功、立德的兴趣，于是产生了归隐之心。康熙二十四年（1685），纳兰31岁时，康熙于万寿节上书了一首《早朝》送给他，其中一句“共沐恩波凤池上，朝朝染翰侍君王”明确地表达了对纳兰的赏识，他苦等多年的愿望似乎有了希望。但世事无常，在万寿节后不到两个月，纳兰患病，不至七日便溘然而逝，这让他的家人和康熙都始料不及。所有人都为他嗟叹命运的不公和造化弄人。

纳兰性德自小就受到良好的文化熏陶和严格教育，而他个人又勤奋好学，不像许多八旗子弟那样，整日声色犬马，沉湎于风花雪月之中。他曾经用三四年时间，编成四卷集《渌水亭杂识》，其中包含历史、地理、天文、历算、佛学、音乐、义学、考证等方面知识，表现出他相当广博的学识基础和各方面的意趣爱好。但纳兰性德的主要成就在于词，其词现存348首，尤以小令见长，时人誉为“清代第一词人”，与朱彝尊、陈维崧并称为“清词三大家”。他的词内容涉及爱情友谊、边塞江南、咏物咏史、感伤悲怀及杂感等方面。刊印为《侧帽》《饮水》集，后多称《纳兰词》。“饮水词”取“如鱼饮水，冷暖自知”之意。纳兰词风格清新隽秀，哀感顽艳，有南唐后主遗风，真纯、自然、深婉、凄美，受到文人学士的高度评价，使他成为那个时代词坛的杰出代表。王国维赞诩他为“北宋以来，一人而已！”

纳兰词中最值得注意的是他的言情词和羁旅词。纳兰曾经有过一段美好的婚姻生活。20岁时，他娶了两广总督、兵部尚书、都察院右副都御使卢兴祖之女为妻，赐淑人。卢氏年方十八，“生而婉娈，性本端庄”，因此，夫妻两人情感笃深，琴瑟和鸣。他曾写下过很多表现美好生活和展现他们情感历程的词章。例如《如梦令》：

正是辘轳金井，满砌落花红冷。蓦地一相逢，心事眼波难定。谁省？谁省？从此簟纹灯影。

这首词写的是一对青年男女在落花满地的金井旁蓦然相逢，彼此没有交谈却又彼此眉目传情。有情？无情？女子的心事实在是难以猜测。从此“我”空房独处、寂寞无聊时，在簟纹灯影中，她的多情的身影总是挥之不去，心中满是惆怅。这首词记载了他第一次见到心爱的姑娘时的心情，然而“落花红冷”却又似乎在暗示他们的爱情的悲剧。

又如《相见欢》：

落花如梦凄迷，麝烟微，又是夕阳潜下小楼西。
愁无限，消瘦尽，有谁知？闲教玉笼鹦鹉念郎诗。

落花飘散，如梦般凄迷，麝香袅袅，夕阳又如往常般沉下小楼去，一天就这么过去了。我一直在等待，无限相思使她身体消瘦。个中滋味，有谁知道？无聊至极，只有教笼中鹦鹉念你为我写的诗。从这首词中我们可以认为他们正在热恋之中。

浣溪沙

十八年来堕世间，吹花嚼蕊弄冰弦，多情情寄阿谁边。　紫玉钗斜灯影背，红绵粉冷枕函偏。相看好处却无言。

这首是纳兰写给新婚妻子卢氏的。在他的眼里，她就像一位仙女一样降临在他的身边，她吟咏唱和样样精通，有才又多情可爱。值得骄傲的是她把她的爱情全部都给了他。新婚之夜，她头戴紫玉钗，端庄大方，楚楚动人，在恍惚的灯影里，斜倚着枕函，娇羞含情，脉脉无言，让人不由产生无限的爱怜。

纳兰性德和卢氏的甜蜜爱情只有短短的三年，卢氏不幸过早凋零。对于纳兰来说妻子的离世就是一个灰色的噩梦，伤感的意绪一直笼罩着他。如《画堂春》：

一生一代一双人。争教两处销魂？相思相望不相亲，天为谁春？　浆向蓝桥易乞，药成碧海难奔。若容相访饮牛津，相对忘贫。

“一生一代一双人”句翻用唐代诗人骆宾王《代女道士王灵妃赠道士李荣》的名句“相怜相念倍相亲，一生一代一双人”，表达的是与卢氏的情深意切，但怎奈生死殊途，“相思相望不相亲，天为谁春？”与爱妻不能再你依我依，就算景色再美，又有什么意义呢？纵使我有深情，妻子再也回不来了，如若能让我再见妻子一面，就算让我抛弃所有荣华富贵我也心甘情愿！

再如他的《蝶恋花》：

辛苦最怜天上月。一昔如环，昔昔都成玦。若似月轮终皎洁，不辞冰雪为卿热。　　无那尘缘容易绝。燕子依然，软踏帘钩说。唱罢秋坟愁未歇，春丛认取双栖蝶。

在另外一首词的序中，纳兰曾写自己梦见其妻临别有言“衔恨愿为天上月，年年犹得向郎圆”。所以，纳兰才在这首词中又写道：“辛苦最怜天上月。一昔如环，昔昔都成玦。若似月轮终皎洁，不辞冰雪为卿热。”意谓若亡妇真如圆月般皎洁，自己便不怕月宫中的寒冷，愿夜夜为她送去温暖。

还有他的《浣溪沙》：

谁念西风独自凉，萧萧黄叶闭疏窗。沉思往事立残阳。　　被酒莫惊春睡重，赌书消得泼茶香。当时只道是寻常。

“十年生死两茫茫”，生者和死者阴阳相隔，谁会怜惜自己独披秋风、沉思往事？当年那些寻常的情景，谁知道竟成为今天令人刻骨铭心的回忆呢？纳兰的悲伤似乎永远无法醒来。

长期担任侍卫的生活，束缚了纳兰的个性，也让他一直承受着一种难言的苦楚，时常伴在君侧，并不是一件令人愉快的事情。俗语云：“伴君如伴虎。”严绳孙在《成容若遗集序》中说：“及官侍从，值上巡幸，时时在构陈豹尾之间。无事则平旦而入，日晡未退以为常。且观其意，惴惴有临履之忧。”这道出了纳兰心中无尽的忧愁和哀思。这种忧愁令人无法寄托，只好以词来释心中的烦闷，寻求精神家园的归宿。《浣溪沙》：

已惯天涯莫浪愁，寒云衰草渐成秋。漫因睡起又登楼。　伴我萧萧惟代马，笑人寂寂有牵牛，劳人只合一生休。

词人本来是愁绪满怀的，却硬是说不要空愁，“已惯天涯”隐含了一种无奈。词人是真的过惯了这种天涯羁旅的护驾生涯吗？一个“已惯”让人倍感伤怀。在这习惯的天涯路上，不是满目的春花秋月，而是处处“寒云”，处处“衰草”。这一路的秋愁在寒云衰草中更显惆怅。不要在睡醒后登楼远眺，因为满眼尽是秋情。接下来说，相伴着词人的仅是一匹马。在这萧索的秋天，连寂寂的牛郎也来嘲笑我。我不愿偷窥你的寂寞，请你也别来嘲笑我的忧伤。结句一个“劳人只合一生休”，全是牢骚与怨气，作者厌于扈从生涯的心情可见一斑。

又如《长相思》，也是写得羁旅行愁：

山一程，水一程。身向榆关那畔行，夜深千帐灯。

风一更，雪一更。聒碎乡心梦不成，故园无此声。

“山一程，水一程”，极言路途的遥远和迢递难行；“风一更，雪一更”又极言天气的恶劣和酷寒。在这样的风雪之夜，连一个安稳的觉都不能睡成，怎么又指望做一个思乡的美梦呢？

我们读纳兰性德的词，最突出的感受就是“情真”，他在陈维崧、朱彝尊标举南宋词的时候，词风直溯五代。他学习李煜，工于写情，惯于白描、直抒胸臆，意象清新疏朗，风格哀婉缠绵，将词作的题材与艺术风格和谐统一。纳兰性德最擅长的是篇幅短小的令词，在晏几道之后，他再一次使小令的创作达到一个高峰。纳兰还有一些豪爽慷慨的词作，而且是一般豪放词人常用的长调，如他写给好友顾贞观的两首《金缕曲》。这两组词是纳兰性德和顾贞观的作品。它们缘于一个感人的故事，事情的起因是吴兆骞的科场案。清朝顺治十四年发生的这场科举案，牵连甚广，当时被称为“江左三凤凰”之一的吴兆骞因仇人诬陷也卷入其中，结果被流放宁古塔。吴兆骞是顾贞观的好友，顾贞观答应帮助营救，他于是求救于纳兰性德。纳兰性德初未应允，那年冬天顾贞观寓居北京千佛寺，环顾四周冰雪，他想起当年的诺言，想起远在天边生死未卜的好友，写下了两首催人泪下的以词代信的《金缕曲·赠吴汉槎》：

季子平安否？便归来、平生万事，那堪回首！行路悠悠谁慰藉？母老家贫子幼。记不起，从前杯酒。魑魅搏人应见惯，总输他覆雨翻云手。冰与雪，周旋久。　泪痕莫滴牛衣透。数天涯、依然骨肉，几家能够？比似红颜多命薄，更不如今还有。只绝塞、苦寒难受。廿载包胥承一诺，盼乌头马角终相救。置此札，兄怀袖。（之一）

我亦飘零久！十年来，深恩负尽，死生师友。宿昔齐名非忝窃，只看杜陵穷瘦，曾不减，夜郎僝僽。薄命长辞知己别，问人生，到此凄凉否？千万恨，为兄剖。　兄生辛未吾丁丑。共些时，冰霜催折，早衰蒲柳。词赋从今须少作，留取心魂相守。但愿得，河清人寿！归日急翻行戍稿，把空名，料理传身后。言不尽，观顿首。（之二）

词中对好友的关注之切、情谊之深非一般友情所能替代。纳兰性德看到之后，流下了眼泪，他对顾贞观说：“何梁生别之诗，山阳死友之传，得此而三。此事三千六百日中，弟当以身任之，不需兄再嘱之。”顾贞观说：“人寿几何，请以五载为期。”感动万千的纳兰性德于是和了两首《金缕曲》送给顾贞观，以表明自己营救吴兆骞当义不容辞：“绝塞生还吴季子，算眼前外皆闲事。知我者，梁汾耳！”

金缕曲·赠顾梁汾

德也狂生耳！偶然间，缁尘京国，乌衣门第。有酒惟浇赵州土，谁会成生此意？不信道，遂成知己。青眼高歌俱未老，向尊前，拭尽英雄泪。君不见，月如水。　　共君此夜须沉醉。且由他，蛾眉谣诼，古今同忌。身世悠悠何足问，冷笑置之而已！寻思起，从头翻悔。一日心期千劫在，后身缘恐结他生里。然诺重，君须记。

金缕曲·简梁汾

洒尽无端泪，莫因他、琼楼寂寞，误来人世。信道痴儿多厚福，谁遣偏生明慧。莫更著、浮名相累。仕宦何妨如断梗，只那将、声影供群吠。天欲问，且休矣。　　情深我自判憔悴。转丁宁。香怜易爇，玉怜轻碎。羡杀软红尘里客，一味醉生梦死。歌与哭、任猜何意。绝塞生还吴季子，算眼前、此外皆闲事。知我者，梁汾耳。

后来，纳兰求助于其父明珠，几经波折，终于在康熙二十年（1681）将吴兆骞营救出来。此时的吴兆骞贫困潦倒，在友人的资助下很快就返回苏州故里，并筑屋三间。但长期的严寒生活，吴兆骞已不适应江南水土气候，竟然大病数月，后来不得不赴京治疗，但终究还是病逝了，时年54岁。因为家境贫寒，纳兰为他料理了后事。纳兰的这类词，又表现了他作为一个御前侍卫的豪爽与侠义以及词情的慷慨。

清中叶以后，词坛上又出现了以张惠言为代表的常州词派。它的出现，也是宋词中兴的必然结果。嘉庆二年（1797），张惠言所编的《词选》行世。《词选》选录唐、五代、宋词凡44家、116首。在《词选·序》中，张惠言提出了“比兴寄托”的主张，强调词作应该重视内容，“意内而言外”，“意在笔先”。但张惠言强调的“比兴寄托”在应用上也有片面性和机械性，如论说温庭筠、韦庄和欧阳修的一些艳词都有政治寄托，即失之于偏颇。然而，张惠言在创作实践中，着意贯彻自己的主张，一些追求“兴寄”的词作，让人读起来也的确深长有味。如他的五首《水调歌头》：

百年复几许？慷慨一何多！子当为我击筑，我为子高歌。招手海边鸥鸟，看我胸中云梦，蒂芥近如何？楚越等闲耳，肝胆有风波。　　生平事，天付与，且婆娑。几人尘外相视，一笑醉颜酡。看到浮云过了，又恐堂堂岁月，一掷去如梭。劝子且秉烛，为驻好春过。（之二）

长鑱白木柄，劚破一庭寒。三枝两枝生绿，位置小窗前。要使花颜四面，和着草心千朵，向我十分妍。何必兰与菊，生意总欣然。　　晓来风，夜来雨，晚来烟。是他酿就春色，又断送流年。便欲诛茅江上，只恐空林衰草，憔悴不堪怜。歌罢且更酌，与子绕花间。（之五）

这组词有一个题目叫“春日赋示杨生子掞”，说明这几首词是写给这位杨生的。杨生子掞是张惠言的学生，张惠言在这几首词里便借对春日的留恋表达了人生须珍惜光阴，莫使其“憔悴不堪怜”“一掷去如梭”以至于终生痛悔，同时也表达了作者志在高天的远大理想以及慷慨与超然的人生襟怀，其实是借诗词以谈妙道，有深远的人生寄慨。

晚清词也是词史的一个重要发展阶段。这个时期词人、词作之多都超过清初期及中期。至于流派，更为纷繁。除了人多势众的常州派主盟词坛外，清初的阳羡派、浙西派均有余响。纳兰词感伤凄恻的词风，也有为数不少的同调。晚清词人结社成风，基本的情况是：词社地域相对集中，活动相对频繁，组织相对严密。晚清词社数量可观，如城东七子社、红亭社、红梨社、江东词社、九秋词社、梅崖词社等。这些词社，一些以乡邦和地域特色为主，一些以政治、文化、理念趋同为主，一些以创作风格、创作旨趣近似为主。这些不同类型的词社，共同促动、催生着晚清词创作走向繁荣。